アドベンチャー・ライフ

Adventure Life

高橋 歩 著

Written by Ayumu Takahashi

はじめに

この本は、自由人・高橋歩という30歳の男のすべてが詰まった本です。

仲間と自分たちの店を始めたり、自分たちの出版社を始めたり、妻と世界一周の旅をしたり、沖縄の離島でアイランドビレッジを始めたり....。
自分の心に正直に、20代という日々を駆け抜けた、彼の行動と感覚が記録されています。

友達と、両親と、兄弟と、そして、最愛の妻や子供たちと....。

愛する人たちと共に。
自由な人生を。

そんな気持ちがいっぱい詰まった本です。

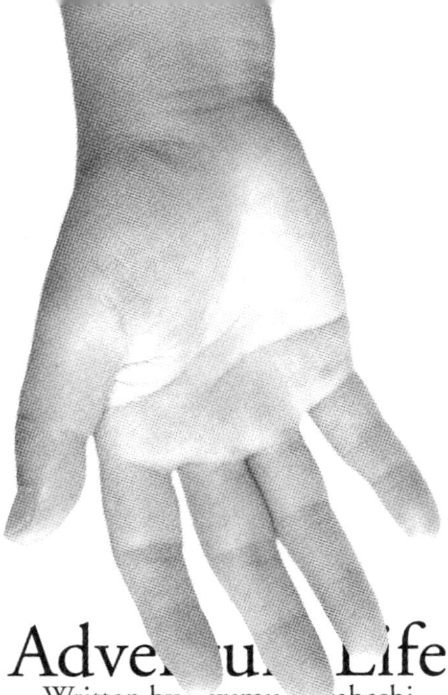

Adventure Life

Written by Ayumu Takahashi

"LOVE & FREE"

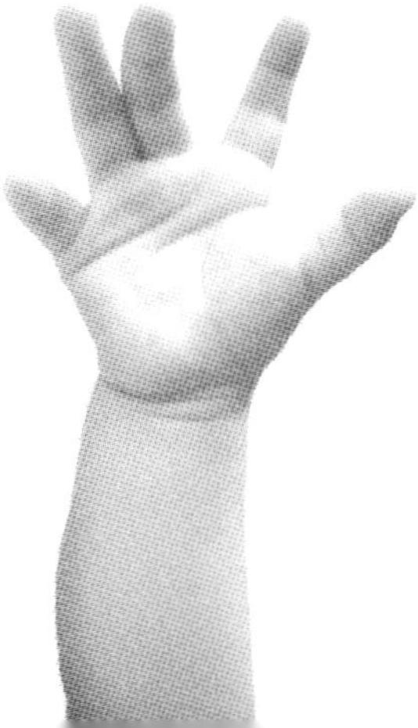

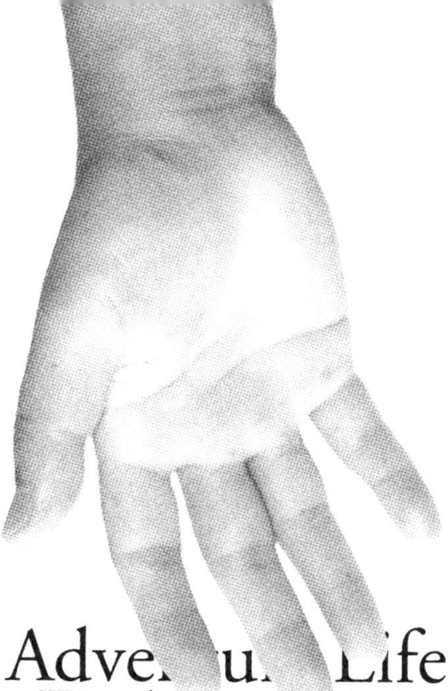

Adventure Life

Written by Ayumu Takahashi

"LOVE & FREE"

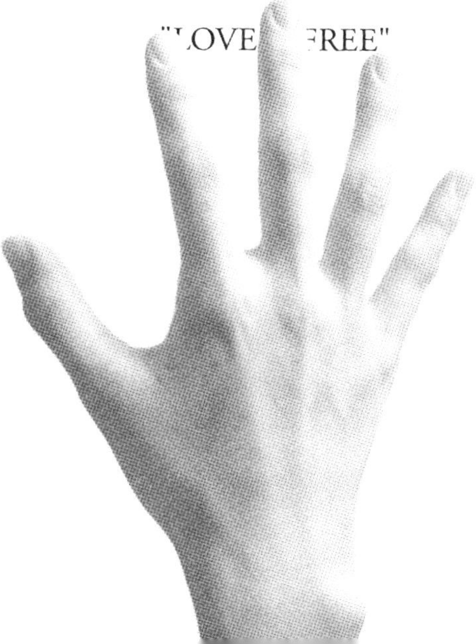

Adventure Life / Written by Ayumu Takahashi

目次

with Friends...

with Family...

with Wife & Children..

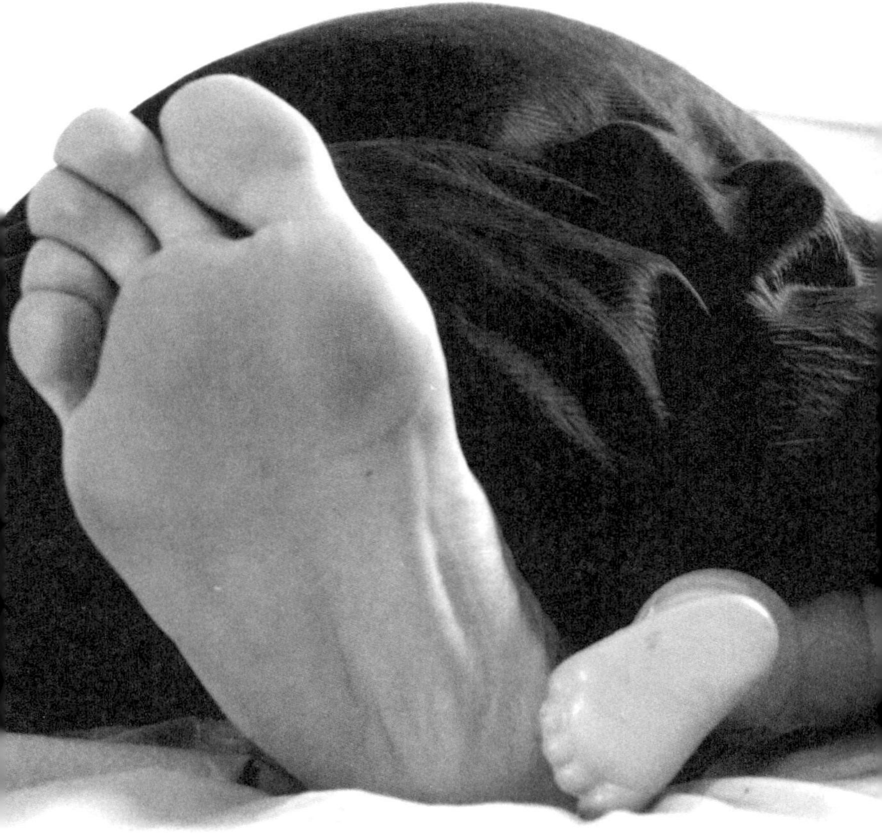

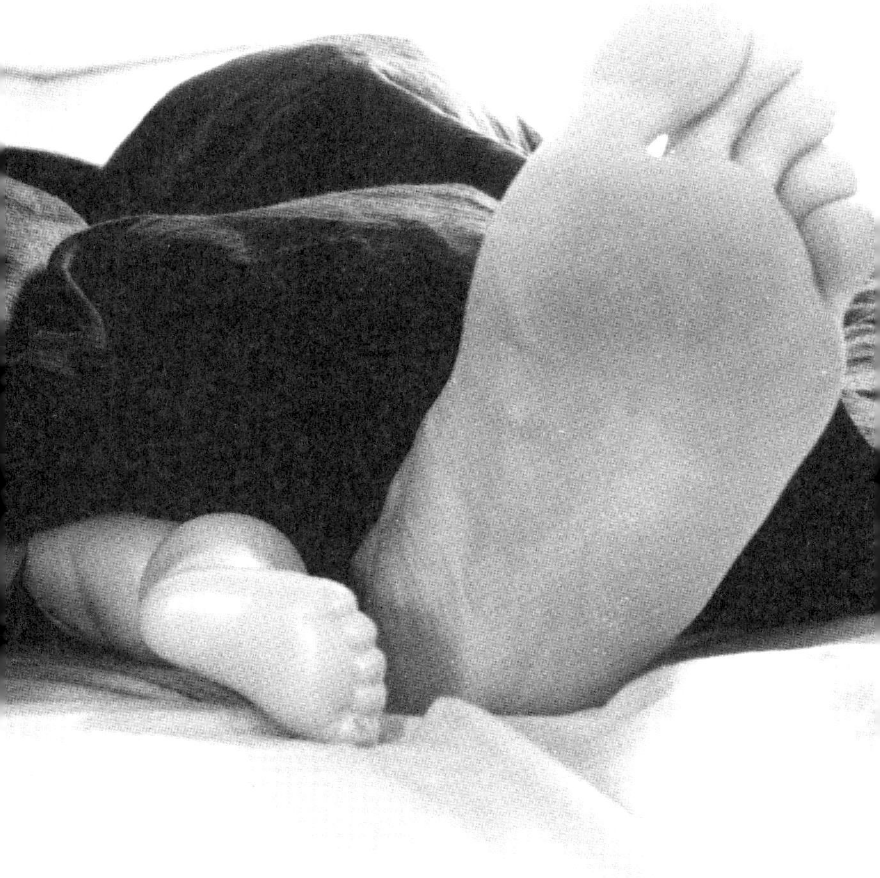

Life is a journey with Love & Free...

愛する人と自由な人生を。

アドベンチャー・ライフ

Ayumu Takahashi's

LIFE STORY

ライフストーリー

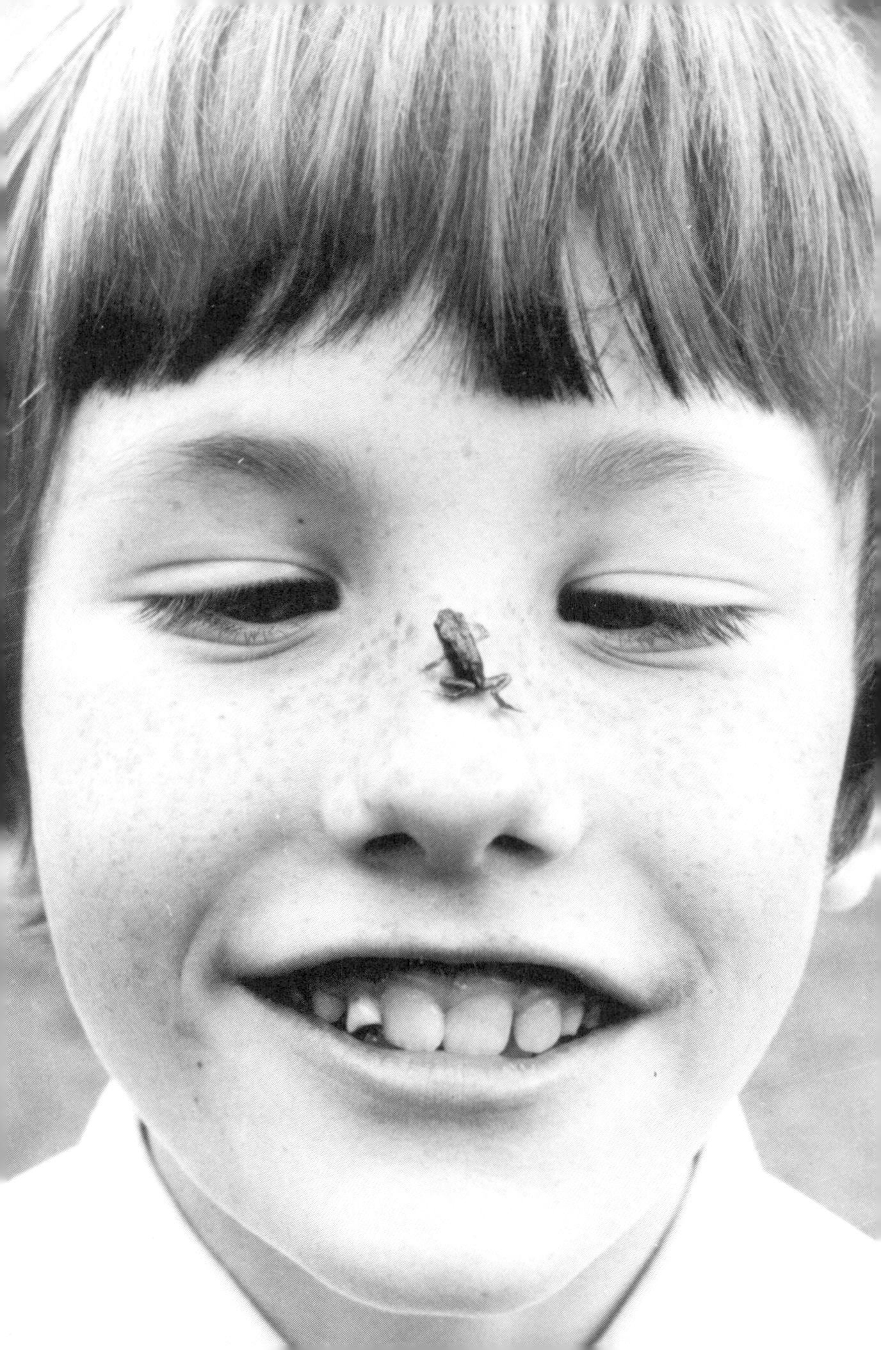

高橋 歩（たかはしあゆむ）。
1972年8月26日生まれ。30歳。

東京生まれ、横浜育ち。
今は、妻と息子と一緒に、沖縄で暮らしている。

20歳からの10年間。
とにかく、自分のやりたいことを、おもいっきりやってきた。

自分たちの店を始めたり、
自分たちの出版社を始めたり、
妻と世界一周の旅をしたり、
沖縄の離島でアイランドビレッジを始めたり....

泣きながら、笑いながら、いつも、飲みながら。
気の合う仲間たちと、愛する妻と一緒に、たくさんの夢を生きてきた。
そして、今、俺は、ここにいる。

高橋歩の20代、10年間の物語を贈ります。

はじまり、はじまり。

STORY 0

TEENS

- dreamin' -

「10代。なんでもやってみよう」

さぁ、まずは、ガキの頃の話からいこうか。

俺は、両親共に教員ということもあって、小学生の頃は、どこにでもいるような普通の野球少年として、なんの問題もなく、すくすくと育ってきたんだ。
そんな爽やかな少年の人生を大きく狂わせたのが、中学1年生の頃に読んだ、『※**ビーバップハイスクール**』っていう不良マンガだよ。このマンガを読んで、一発で脳味噌をやられちゃってさ。
「かっこいい！これだ！男は不良だ！」って、いきなり、180度転換だよ。
さっそく、不良の先輩から違反学生服をゆずってもらって、髪も茶色に染めて、革靴のかかともしっかり踏んで.... って、いわゆる不良少年の誕生だね（笑）。
駅やゲームセンターで、違う学校の奴らと目が合うと、「なんだ、このやろう。ガンつけたべ。やんのか、こらぁ！」ってシャウトして、100%の確率で突っかかっていってたよ。
でも、俺、実はケンカ弱くてさ（笑）。おもいっきり強がって、口ではすごいハッタリを言ってるんだけど、いつも心の中では、（できれば、ケンカになってほしくないなぁ）なんて思ってたのを覚えてるよ。

*CULTURE CATALOGUE:
Ayumu Takahashi Selection.

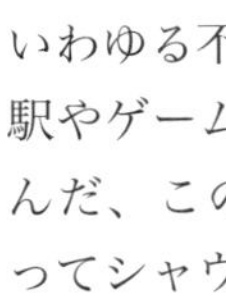

*BOOK:
「BE-BOP-HIGHSCHOOL」 きうちかずひろ／講談社

しかも、学校では不良ぶって、「ふざけんなよセンコー。こんな授業なんて聞いてらんねぇ〜よ」なんて言ってるくせに、家では、ひとり、こそこそと「進研ゼミ」をやってるような奴だったからな（笑）。もう、赤ペン先生ともマブダチだったし。ポイントシールも、しっかり集めちゃったりして。なんか、今想うと、我ながら、かなりダサイよな。

まぁ、そんな感じで、「昼はビーバップ、夜は進研ゼミ」で中学校を卒業して、高校入ってからも、相変わらず、半端なヤンキーとして、そこそこ楽しく過ごしてたんだけど、次の大きな転機がやって来たのが、高校3年の夏。そう、進路指導ってやつよ。

いきなり、「オマエ、卒業したら、どうするつもりなんだ？」って聞かれてもさ。
もう、ホント、困っちゃってね。急に、そんなこと聞かれても、わかんないよなぁ。
「進路はどうするんだ！ すぐ決めて準備を始めろ！」攻撃を、進路指導の先生たちに、よってたかって浴びせられてさ。
すっかり、ふてくされちゃったよ。

その頃の俺といえば、行きたい専門学校や大学もなかったし、かと言って、すぐに就職っていうのも嫌だったし。そもそも、夢も、やりたい仕事もなかったしね。
考えれば考えるほど訳わかんなくなって、部屋でひとり、
※**尾崎豊や長渕剛やBOOWYやブルーハーツ**を聞きながら、

初めて、「生き方」みたいなものに直面して、悩んでたよ。
自分の部屋でギター弾きながら、「俺の人生は〜♪」って長渕剛の歌をシャウトしてたら、おふくろが部屋に駆け込んできて、「あゆむ、大丈夫？ 悩んでるの？」って聞いてくるし…. (笑)。

とにかく、19歳の俺は、自分のやりたいこともわからず、悩んでるだけだったよ。
でも、10代で自分のやりたいことがはっきりしてる奴なんて、ほとんどいないよな？
そんな状態で、なんの答えも出ないまま、モンモンと受験勉強してたから、やる気もまったく出てこないし、追い込まれて無理すれば胃が痛くなるし….。
結局、一応、大学受験はしたんだけど、全部落ちて、浪人生活突入って感じでさ。
お約束のコースだったよ。

*CULTURE CATALOGUE:
Ayumu Takahashi Selection.

*CD:
「十七歳の地図」
尾崎 豊
Sony Records

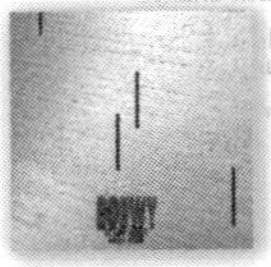

*CD:
「LAST GIGS」
BOOWY
東芝EMI

*CD:
「STAY DREAM」
長渕 剛
東芝EMI

*CD:
「THE BLUE HEARTS」
THE BLUE HEARTS
メルダック

そんな流れを変えてくれたのが、浪人生の時に見た、「マルボロ」っていうタバコのCMだね。
でっかい夕陽を背に、馬に乗って荒野を歩くカウボーイの姿や、暴れまわる牛を捕まえるワイルド＆ハングリーな仕事っぷりを見て、「やべぇ。カウボーイ、マジかっこいい！本物の男はカウボーイだ！」って想っちゃって（笑）。「俺は、アメリカに行って、カウボーイに弟子入りして、カウボーイになるしかねぇ！」って。
すごく単純だけど、初めて、夢らしい夢が見つかった気がしたんだ。

それで、まずは、アメリカ行くための資金が必要だってことで、さっそく、近くのコンビニで夜勤のバイトを始めたんだ。週５で夜勤やって、２ヶ月で20万円くらい貯めて、すぐに、H.I.Sで航空券を買って、アメリカ行き決定だよ。
もちろん、親には、「受験で英語は大事な科目なんだ。アメリカで英語の勉強してくるよ」的な大義名分を説明して、オッケーをもらってさ（笑）。

んで、いざアメリカ。西海岸のロスから入って、東部のワシントンD.C.までアメリカ大陸を横断しながら、必死にカウボーイを探したんだけど、どこに行っても、マルボロのCMに出てくるような本物のカウボーイは見つからなくてさ。地元の人にいくら聞いても、「カウボーイって、いつの話？」「この時代にアメリカで本物のカウボーイを探すってことは、日本でサムライを探すようなもんだぜ」「カウボーイ？ オー、ノー！」なんて言われる始末で....（笑）。
結局、あきらめざるを得ない状況になっちゃって。意気消沈して、仕方なく、日本に帰国したんだ。せっかく、初めての夢にチャレンジしてみたのに、あえなく撃沈してさ。帰りの飛行機では、超ブルーだったよ。

カウボーイの夢破れ、やる気を喪失して無気力な浪人生活を送っていた俺を、再び元気づけてくれたのが、「※**純ブライド**」っていうマンガだったね。大好きな「湘南爆走族」なんかを描いてる吉田聡っていう人のマンガなんだけど、これが、もうすごいわけよ。このマンガ読んで、同棲したくならなかったらウソだぜ。
俺も、これ読んで、「うおー、同棲してぇ！」って舞い上がっちゃって（笑）。
そこで、「大学受かって、ひとり暮らしすれば、同棲できるじゃん！」っていう衝撃的な事実に気づいたわけよ。肝心の相手は、まだ未定だったんだけど....、まぁ、ひとり暮らしさえできれば、なんとかなるだろうって楽観的に考えてさ。
そこからは、受験勉強にも身が入ったなぁ。単純明快。もともと俺は、目標さえクリアになれば、完全燃焼できるタイプだから、そこからは、成績もウナギ登りで、春には、きちんと合格できたんだよね。

*BOOK:
「純ブライド」 吉田 聡／小学館

*Ayumu's Comment:
吉田聡さんのマンガ。大好き。俺の青春！
「純ブライド」以外にも、この３つのマンガは、ぜひ読んでみて欲しいなぁ。

*BOOK:
「湘南爆走族」 吉田 聡／小学館
*Comment:
湘南の暴走族の物語。笑って、泣けて、熱くなるぜ。

*BOOK:
「DADA」 吉田 聡／小学館
*Comment:
探偵社の物語。これ読んで、マジで探偵事務所を始めそうになった。

*BOOK:
「スローニン」 吉田 聡／小学館
*Comment:
ふたりの素浪人の物語。とにかく、読んでみて！としか言えないくらい素敵。

そうやって、大学に入ったのはいいんだけど、めでたく最終目標だった同棲（with 近所のヤンキー美少女）を成し遂げてからは、何を目指していいんやら.... って感じでさ。実際にやってみると、同棲生活も、マンガほど素敵なモンじゃなかったし（笑)。
大学の授業にしても、サークルにしても、バイトにしても、つまんなくはないんだけど、なんか、スパークしないっていうか、熱く燃えられない感じでさ。
あげくの果てには、同棲相手のヒロコとも別れちゃって.... 。

今想えば、いつも、「本気で燃えられる何か」を探しながら、毎日を過ごしてた気がするよ、20歳の頃は。
自分のやりたいことが見つからなくて、気持ちばっかり焦っちゃって。
自分に自信がないから、無意味に、周りの人と自分を比べちゃったりさ。
「俺は何をしたいんだ？」「俺には、どんな仕事が合ってるんだ？」「このままじゃ、やばい。でも、どうすればいいんだろう.... 」なんて、いくら考えても、答えなんて見つからないってわかってるのに、なんか無性にひとりで考えてたよ。

息詰まってくると、すぐにヤケクソになって、友達とカラオケハウス行っては、ブルーハーツをおもいっきりシャウトしまくってた（笑)。
ホント、必死に、自分なりの生き方を探しているような毎日だったよ。
「俺にも、きっと、何かできるはずなのに.... 」って。

STORY 1

MY SHOP

- cocktail & dreams -

「20歳。自分たちの店を始める」

そうそう、その頃だったね。
俺の人生最大の転機になった映画「※**カクテル**」との出逢いは。

その日は、ピザの宅配のバイトが休みでさ。ひとり暮らしの狭い部屋で、セブンイレブンで買った牛カルビ弁当を片手に、トム・クルーズが主演している「カクテル」っていう映画のビデオを見てたんだけど…. これは、見終わった後、ホント、やばかったね。
ガンガンに流れるロックに乗って、ライトアップされたバーカウンターの中で、お酒のボトルやグラスをクルクルまわしながらカクテルを創っていくトム・クルーズを見て、「うおっ〜! カッコイイ! 俺もバーテンダーになって自分の店を持ちたい!」って、大爆発よ。しかも、女にはモテるし、お金持ちにはなれるし、言うことなし! って感じでさ (笑)。まぁ、その時、誰かが、「これは映画だよ。現実社会では、自分の店なんて簡単に持てないんだよ」ってすぐに教えてくれれば、よかったんだけど…. 。幸いにも、俺の横には、飼っている愛ネコの「元気」しかいなかったんで (笑)。
もう、そのまま突っ走り開始よ。

*CULTURE CATALOGUE:
Ayumu Takahashi Selection.

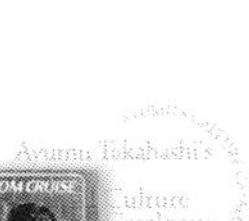

*DVD:
「**カクテル**」 監督:ロジャー・ドナルドソン/主演:トム・クルーズ
ブエナ・ビスタ・ホーム・エンターテインメント

俺の習性として、「熱くなったら、まず本屋へ」っていうのがあるんだけど、その時もすぐに、近所の本屋へ駆け込んで、『自分のお店を持つために』『開店ガイド』『繁盛店の秘密』みたいな本を片っ端から買いあさって、読みふけったんだ。その結果、わかったことは、「店を出すのには、ウン千万円の金がかかる」っていう絶望的な現実！ 一瞬、「無理だ。夢よ、グッバイ....」なんて思ったんだけど、いきなりあきらめちゃうのも、なんかシャクでさ。
「う〜ん、あきらめたくはないけど、どうすればいいんだ？」なんて、しばらくひとりでもんもんと考えてたんだけど、考えてるだけじゃ何も進まないからさ。
「まぁ、お金のことは、少しずつ考えていくとして、まずは、今できることからやってみるか！」って思い直して、とりあえず、近所のバーでバイトしながら、バーテンダーの修行を始めてみることにしたんだ。

でも、いざバーテンダーのバイトを始めてみたら、これがきつくってさぁ。ビックリしたよ。最初の１ヶ月なんて、皿洗いと掃除と、先輩のパシリばっかりでさ。俺のバーテンダーのイメージは映画の中のトム・クルーズだったから、なおさら、現実とのギャップが激しくて(笑)。
「こんなの嫌だ！ 全然かっこよくねぇ！ もうバーテンなんて辞める！」なんて、何度も思ったんだけど、ここですぐに辞めたらダサいじゃん。「俺、自分の店やりたいから、頑張るよ！」って、彼女や友達にも宣言しちゃってたしね。
そもそも、「辛いから辞める」なんてカッコつかないじゃん。

だから、ゴミ同然の扱いにも耐えながら、真剣に考えてみたんだ。
「このまま、ずっと皿洗いじゃ、自分の店なんて、何十年先になるかわからない。俺が、今の皿洗い生活を脱して、バーテンダーとして活躍できるようになるためには、どうしたらいいんだ？」ってね。

まぁ、答えは単純だったよ。
要は、実力の問題でさ。俺は、カクテルを創るのが下手だから皿洗い担当なわけで、先輩のバーテンダーよりも上手くなればいいだけの話だったんだよね。
それで、「よしっ。独学でカクテル修行をして、先輩を抜かすぞ！」って、新たな目標を決めて、燃え始めたわけよ。

さっそく、その日から、仮眠する3時間以外のすべての時間を、バーテンダー特訓に注ぎ込む「１日21時間体制！」をスタートさせた。
自宅にもカクテルセットを一式買い込んで、彼女に客を演じてもらいながら、徹底的に特訓を始めたんだ。ホント、あの頃は、生活のすべてを「バーテンダーになるため」だけに費やしてた。「バーテンダーズマニュアル」っていう本は、肌身離さず持ってたし、テレビを見る時も、常にボトルをクルクルまわしてたし、風呂に入る時でもカクテルのレシピを書いた防水タイプの単語帳を持ってたし、って感じの生活だったよ。
自分の中の合言葉は、「おい！ あゆむ！ イチローよりも頑張ってるか！」だったね（笑)。

でも、好きなことに本気で熱中すれば、自然に結果はついてくるものでさ。
特訓を始めて3ヶ月くらい経った頃には、店長も認めてくれるようになって、ついに俺も一人前のバーテンダーとして、カウンターに立てるようになった。
そうしたら、やっぱり、バーテンダーの楽しさが本気で身にしみてきたんだよねぇ。
「俺、やっぱり、自分の店を持ちたい！」って、身体中で、想い始めたんだ。

*CULTURE CATALOGUE: Ayumu Takahashi Selection.

高橋 歩が選ぶ「バーテンダー&酒好き必読ブックス」

#01　#02　#03　#04　#05　#06

#01「バーテンダーズマニュアル」 福西英三 監修／花崎一夫・山﨑正信 共著／柴田書店
*Comment: 基本的に、マニュアルってものは好きじゃなかったんだけど、この本は、すごく好きになった。さすが、何十年も読み継がれている名書だと想う。バーテンダーだけじゃなく、酒好きの人にもオススメな本だね。きっと、酒を飲む楽しみが増えると想うぜ。

#02「世界の名酒事典」 講談社
*Comment: 市販されている酒は、ほとんどすべて載っているという図鑑。「なに、この酒？」と想ったら、すぐにページを開こう。これは、使える。

#03「銀座 名バーテンダー物語〜古川緑郎とバー『クール』の昭和史」 伊藤精介／晶文社
*Comment: 今も静かにカウンターに立ち、シェイカーを振り続けている現役最年長バーテンダー古川さんの物語。これを読んで、まずは、銀座のBar「COOL」へ飲みに行ってみて。すごい店です。あそこは。

#04「やるだけやっちまえ！GOLD RUSH 1969-1999」 森永博志／リトル・モア
*Comment: 伝説の店「怪人二十面相」「ピンクドラゴン」「ガレージパラダイス東京」のオーナー山崎眞行さんと仲間たちの、「MY SHOP」をめぐる物語。とにかく、かっこいい。やばい。直接、お話したことはないけど、今でも強くリスペクトしている人物のひとりです。

#05「オンリー、ロンリー、バーボン」 熊手篤男／筑摩書房
*Comment: アメリカンレストランバー「BOYLSTON」のオーナーである熊手さんが書いた本。バーボン好きには、たまらない本かな。

#06「泡盛ブック」 田崎聡 編・著／荒地出版社
*Comment: 沖縄で暮らし始めてからは、やっぱり、これだね。島人の宝です。

バーテンダーのバイトを始めてからは、せっかく入った大学にも全然行ってなかったから、大学には友達なんてほとんどいなかったんだけど、3人だけ、仲のいい奴らがいたんだ。
バイク好きのケンタ、酒豪のセイジ、セクハラ系ミュージシャンのダイスケ（笑）。
最初は、俺ひとりで自分の店を持とうって思ってたんだけど、だんだんと、「この3人と一緒に店をやれたら楽しいだろうなぁ」って思い始めてきて、「みんなで、店やらない？」って話してみたんだ。
まぁ、いきなり、「よし！ やろうぜ！」って意気投合するほど、みんな世間知らずじゃなかったけど、「カクテル」の映画を一緒に見たり、熱い語りをしながら何度も飲んでるうちに....結局は、「よしっ！ 4人でやろう！」ってことになった。

そんで、さっそく、俺たちは、いろいろと開店の準備を始めたんだ。
「まずは、みんなでバーテンダー特訓だ！」なんて言いながら、それぞれ、飲食店でアルバイトを始めたり、休みの時間に4人で集まっては、店の名前やイメージを話しあったり、いろいろなバーを飲み歩いて、メニューを研究したりしてた。

数ヶ月して、4人ともバーテンダーとしての力がついてきた頃から、いよいよ、自分たちの店をやるための物件を本格的に探し始めたんだ。アパートを探すノリで、不動産屋をまわったり、賃貸の雑誌を見たりしてたんだけど、安くて立地のいい物件なんて、なかなか見つからなくてさ。

ちょうど、その頃だね。俺が働いていた店がつぶれることになって、その店が、「600万円」で貸しに出されるという話が舞い込んできたのは....。
最初は、「マジで？ チャンスじゃん！ この店を俺たちの店にしようぜ！」って、みんなで盛り上がってたんだけど、やっぱり、冷静になって考えてみた結果、「う〜ん。確かにあの店はかっこいいけど、さすがに600万円っていうのは、俺たちには無理だよなぁ」っていう感じで、ありがちな結論に落ち着いちゃってさ。
「まだ、俺たちは修行が足りないし」「この不景気だし」「借金で始めるのはよくないし」「大学卒業してからでも遅くないし」.... なんて、急にテンションダウンしちゃったんだ。

「しょうがないよ。今は、あきらめよう」って、4人で話した後、俺は、すごくブルーな気分で家に帰ってさ。寝ようとして、ベッドに入ってからも、ずっと、ひとりで考えてたんだ。「俺の人生は、いつも、そうだな」って。
小学生の頃、野球選手になりたくてリトルリーグで頑張っていた時もそうだし、高校生の頃、ギターでデビューしたいと思って本気で取り組んでいた時もそう。サーフィンのプロになるぞって燃えてた時もそうだ。

結局、いつも、「いざ、本番！」って時に、ビビッたり、逃げたり、負けたりして、自分の中でうまく言い訳しながら、「本気でやる」はずだったことが、「趣味でいいや」ってことになって、知らぬ間にフェイドアウトしていって…. っていう同じパターンを繰り返してるじゃねぇかよ、って想ったんだ。

今回の、「自分たちの店を持つ」っていう夢だって、せっかくここまで頑張ってきたのに、また同じパターンで、フェイドアウトしていっちゃうかもしれない…. って想った時、「オマエ、また逃げるのかよ！」って、俺のココロが叫んだんだ。
「ダメだ！ 今回は、逃げずにチャレンジしてみろよ！」って。

正直、無一文の俺たちが、600万円なんていう大金をどうやって集めるかなんて、考えもつかなかったし、もし集められて開店できたとしても、失敗して借金地獄に追い込まれて人生を棒に振ることになったらどうしよう…. なんていう不安もあったけど、「ここで、勝負かけなきゃ、俺の人生、負けっぱなしで終わっちゃうぜ」っていう気持ちが、溢れてきてさ。もう、抑えられなくなってきてさ。

そして、すぐに、その気持ちを3人に話してみたんだよね。
「やっぱり、やろうよ！」ってさ。
そしたら、驚いたことに、みんな、同じだったみたいで….。
やっぱり、俺だけじゃなく、みんなの中にもそういう気持ちがあったんだろうね。
もう、そうなれば、イケイケだよ。
最後には4人で、「よしっ！ やるべ！」って盛り上がって、また、俺たちは突っ走り始めたんだ。

次の日から、俺たちの「地獄のお金集めDAYS」がスタートした。
自分たちのお店を持つために必要なお金は、600万円。俺たちは4人だから、ひとり150万円。そして、不動産屋の指定してきた期限は、なんと1ヶ月！
まぁ、自分が20歳だとして、「1ヶ月で150万円を集めなきゃいけないとしたら....」ってことを想像してみてよ〜。
いったい、どうする？

俺がまずやったのは、「持ち物を全部売ること」だね。
ギター、バイク、ステレオから、本、CDまであらゆるものを売りまくった。
そして、集まったお金は.... たった18万円！
まぁ、しょうがない。あと132万円だ。

次は、「高額バイト」を探しまくった。
最初は、『From A』や『an』なんかのバイト雑誌をひたすら見てたんだけど、全然なくてさ。そんな時に、「ホルマリン漬けになってる死体を洗えば、1体につき5万円もらえるらしいよ」という噂をゲットしたんだ。
もう、みんな大興奮！
「おおっー！ 1体で5万円なら、30体で、いきなりゴールじゃん！ 死体なんて、何体でも洗っちゃうぜ！」っていうノリで、大学病院を片っ端から電話帳で調べて、電話しまくったんだけど.... リアクションは冷たくてさ。
「死体洗い？ 30体？ あんた、今は戦時中じゃないのよ」なんて、言われる始末で（笑）.... 結局、見つからず。

次に、同じ流れで、「人間モルモット」っていう高額バイトを発見したんだ。
まぁ、平たくいえば、「薬物実験」だよ。薬ってさ、発売前に3段階の実験を踏むらしいんだよね。1段階目が、マウス。ネズミね。2段階目が、サル。んで、3段階目が、オレタチ＝健康な男子っていうシステムになってるわけよ（笑）。
「ま、とりあえず、やれることはなんでもやってやるぜ！」っていうノリで、申し込んだのはいいんだけど….。

当日、集合場所の怪しいクリニックに行ったら、いきなりバトルロワイアル状態で、バスに乗せられてさ。到着した先は、茨城県の山奥にある病院….。
病院に入るなり、どっかの宗教みたいな白い服着せられて、一列に並んで立たされてさ。院長みたいな人から、いきなり、10粒くらいの怪しい薬を渡されて、「ハイ！ キミ、飲んで！」って指令されて….。

俺が試されたのは、血圧を下げる薬でさ。
俺、元からかなり血圧低い人間だから、薬を飲んでからの記憶がないわけよ。すぐに眠ったか、気絶したかしたらしくて、目を覚まして時計を見てみたら、16時間も経ってんのよ。やばいよな、マジで。
しかも、手がムズムズするなぁって思って、眠い目をこすりながら、ふっと見てみたら、何十ヶ所も注射された痕《あと》があって、青くなってんのよ。もう、シャブ中状態（笑）。
急いで看護婦さん呼んで、「これ、なんすか！ やばくないっすか！」って聞いたら、「はい。1時間おきに、採血しておきました。これは規定ですから」だってよ。
その後も、「これ、やばくねぇか？」系のネタがオンパレードだったんだけど、まぁ、なんとか、2泊3日の人体実験を無事に（？）終えることができたんだよね。

で、最後に、「はい。実験は終わったので、タバコ吸っていいですよ」って言われたから、同じグループの6人で、「あ〜、やっと終わったぁ〜。幸せ〜」って言いながら、タバコを吸ったんだよ。そうしたらその瞬間、6人中、5人がバタ〜ンって転倒したんだよね（笑）。もちろん、俺も吸った瞬間、頭がクラクラして、イスから後方にガタガタ〜っと倒れてたよ。まぁ、要は、血圧、下がりすぎなわけよ。
いや〜、あれは、やばいバイトだったよ。あの薬、本当に発売されたのかな？ 世の中、裏では何が起きてるかわかんないよね。怖いよなぁ、マジで（笑）。

まぁ、そこまでやっても、結局、もらえたバイト料は、たったの8万円なわけよ。
これじゃ、いつまでたっても150万円なんて集まんないぜってことで、もうヤケクソになって、「もっと、一発でメチャクチャ稼げるバイト、ないっすかね？」なんて、人間モルモットの事務所で聞いてたら、「え？ ありますよ」って言うんだよ。
「え？ マジで？ なに、なに？ どんなバイトっすか？」って、恐怖と期待を込めて聞いたのね。そしたら、事務のオバサンったら、「通称『ポキポキ』っていうバイトなんですけど、知ってますか？」だって。「知ってるかっつ〜の！」(笑)。
それで、「なんですか、それ？」って聞いたらね、要は、「骨を折られる」っていうバイトらしいんだ。腕だと20万円。んで、なんと足のモモだと60万円（！）だって言うのよ。「ろくじゅー！ 熱い!!」って、俺たちシャウトして（笑）....。

なんだか、スポーツ選手の骨が折れるメカニズムを研究するために、骨が折れるプロセスをレントゲンで撮影しながら、ゆっくりと、万力みたいなマシーンで骨を折るって言うんだけど.... マジでやばいよな、このバイト。
事務のオバサンは、誇らしげに、「骨が折れた後の治療代や入院費は、全てこちらで負担しますから」って....。「あったりめぇ〜だよ！」ってみんなでツっこんでたよ（笑）。
まぁ、これから店やるのに、店員4人とも片足が折れてちゃ、仕事になんないじゃん？ 店員全員が片足の「フラミンゴバー」ってのも面白いんじゃない？ って話もあったんだけど.... (笑)。
でもまぁ、さすがに、「ポキポキは無理！」っていう空気だったんだよね。

でも4人それぞれが150万円のゴールへ向かってお金集めをしててもさ、やっぱり、みんな同じように集められるわけじゃないじゃん。
俺みたいに、比較的、社交的（？）なタイプは、まだいいんだけど、4人の中のひとり、ケンタっていう奴は、ちょっとシャイなタイプでさ。お金集めが全然、進んでないわけよ。そうなると、自然に４人の中に、「全員は無理だけど、せめて、ケンタはポキポキに行けばいいのに....」的な、暗黙の空気が流れ始めるわけ（笑)。まぁ、俺が流してたって言えばそうなんだけど。ケンタも、敏感にその空気を察し始めて、「俺、やっぱり、ポキポキ行ってくるわ」って、宣言しちゃってんの！ 他の３人は、自分たちで圧迫かけておきながら、「マジで？」とか、シラジラしく言ってるわけよ。ひっどいよね〜。

まぁ、結局は、ケンタの決断もむなしく、ケンタは健康診断で落とされちゃって、ポキポキはできなかったんだけどね（笑)。あらら。

まぁまぁ、そんなこんなで、まだ、持ち物を売った18万円と、人間モルモットで稼いだ8万円の、計26万円しか集まってないわけだよね。もうすでに、2週間近く経過してたから、「残り2週間で124万円！ きゃー！」って、かなりビビり始めてた。

それで、次に俺がやったのは、「とにかく、友人知人総当たり作戦！」だね。
「今までの人生で、話したことある奴、全員電話！」って言って、卒業アルバムやアドレス帳を開いて、片っ端から電話、電話、とにかく電話。

「久しぶりー」から始まって、なんとか、「お金貸してくれない？」って話に繋げていくんだけど、こりゃ、大変だったよ。誰でもそうだと思うけど、やっぱり友達にお金を借りるっていうのは、すごく嫌でしょ。もう、電話すればするほど、ドツボにはまっていく感じなんだよね。
「1年半ぶりに電話してきたと思ったら、いきなりカネの話かよ」「お店なんて、そう簡単にうまくいくもんじゃないよ。ギャンブル過ぎるよ」「宗教？」「マルチ？」「誰かにダマされてない？ 大丈夫？」な〜んて、ほとんどすべての友達にネガティブに断られてた。
こんなことしてたら、マジで友達いなくなちゃうかもしれない.... っていう不安でいっぱいだったよ。

まぁ、いつも一緒に遊んでるような友達に限っては、「いいじゃん！ 頑張れよ！」って元気に応援してくれる奴が多かったんだけど.... いつも一緒に遊んでる＝同じ金銭状態＝極貧ってことだからね。誰も貸せるようなお金は持ってないんだよね。
「励ましではなく、現金を！」（笑）ってシャウトしてたけどさ。
まぁ、オレも20歳だし、みんな同年代なわけだから、お金持ってないのは、当たり前だもんな。

でも、中には、すごい友達もいるんだよね。
「俺、あゆむがマジでやるなら、応援するよ。とっとけ」って、詳しいことも聞かずに、さっと10万円を貸してくれたヤンキーフレンズや、「私、お金貯めてたから、ぜひ使って。あゆむくん、信じてるから」なんて言ってくれて、ウン十万円のお金を貸してくれた浪人時代の友達や、丸井のカードでキャッシングしてまで貸してくれた幼なじみ....。
そんな感じで、「ホント、ありがとう。俺、マジで頑張るから」って、土下座したくなるようなシーンを何度も重ねながら、だんだん、お金は集まっていったんだ。
なんの保証もない俺に、ここまでしてくれる人たちがいるんだって想ったら、マジで涙が出そうだったよ。

そうやって、結局、約束の1ヶ月が経過した頃には....
4人で、合計620万円のお金を集めることができたんだ！
「やったぁー！ おらぁー！ うりゃー！」って、大輔とケンタが一緒に暮らしていた部屋のコタツを囲んで、4人でガッツポーズしながら、酔っ払って踊り狂ってたよ。「うひょー！ 俺たちの店だ！ すげぇ！すげぇ！」って(笑)。

次の日、不動産屋にお金を払って、正式に契約を済ませて、晴れて、開店準備をスタートさせたんだ。それからは、毎晩、みんなで店に泊り込んで、ああでもない、こうでもないってケンカしながら、ひとつひとつ、店を創り上げていったんだ。
かっこいいネオンが輝く店内には、常に、俺たちの好きなROCKがガンガン響いててさ。久しぶりの文化祭みたいで、ホント、楽しかったよ。

んで、21歳の冬。
俺たちの店「※ROCKWELL'S」がオープンしたんだ。

幼なじみから大学の友達まで、いろんな仲間が大集合してくれて、オープニングパーティーは大盛り上がりだったぜ。
そして、パーティーも無事終わって、お客さんもみんな帰って、うっすらと夜が明けてきた頃。
店内の掃除を済ませた俺たちは、４人で乾杯をしたんだ。
「おつかれ！ いよいよ、始まったな！」って。
なんか、あの時、最高に嬉しかったなぁ。
気持ちのいい疲れと、バカでかい感動が、身体中にジワァ〜っと溢れてきてさ。

その時、「今まで、ずっと想い描いていたシーン」が、そこにあったのをよく覚えてる。
うまくいかなくて、挫けそうになる度に想い描いて、自分を励ましてきた「オープンの日に4人で乾杯」っていうシーンが、そのまま、そこにあったんだよね。
「これ、デジャブ？」って思っちゃうほど、4人の配置から、照明の感じから、それぞれの持っているビールの銘柄まで、あまりにも描いてきたイメージどおりで、ホント、鳥肌が立ったよ。
「ずっと、このシーンのために、頑張ってきたんだ」って、噛みしめてたな。
ホント、最高の夜だったね。

*information:

American Bar **ROCKWELL'S**
-Cocktail & Dreams-

千葉県千葉市中央区富士見2-19-4 パークスポット100 2F
TEL 043-227-6562

こんなHAPPYな感じでスタートした俺たちの店だったけど、やっぱり、現実は甘くなかった（笑）。
開店当初は、まだ、友達がいろいろ来てくれて、いい感じだったんだけど、1ヶ月もすると、誰も来なくなっちゃってさ。ほとんどオール借金で始めた店だったから、ガラーンとした淋しい店内を見ているうちに、「これは、マジでヤバイことになってきたぞ....」って、リアルな危機感が襲ってきたんだ。

そうなると、人間って弱いもんでね。
売れなくなってきたら、だんだん、自分たちの感性に自信が持てなくなってきたんだ。
もともと、「他人がどう言おうと、俺たちがサイコー！ って想える店をやろうな」っていう気持ちで始めたはずなのに、「売れない→借金が返せない→マジでやばい→売るためなら何をしても....」って感じになってきて、気づいたら、自分たちの気持ちを殺して、がむしゃらに流行を取り入れたり、売れてる店のマネばっかりしたり、お客さんの意見に右往左往するようになってたんだ。
そうしたら、さらに、客は減り、売上は下がっていったんだよね。
ホント、悪循環だよ....。

俺たちの店を始めて、半年くらい経った頃だったと思う。
営業終了後の店内で、4人、ビールケースを並べて、真剣に話し合ったんだ。
開店してから、給料なんてほとんど出てなかったし、「このままでは、マジでつぶれる」っていう現実に直面して、4人とも青い顔してた（笑)。

まぁ、そこで、久しぶりに、4人で本音トークしてるうちに、なんだか開き直ってきて、モヤモヤが晴れてきてさ。
「俺たち、もともと流行を取り入れたりするセンスのある人間じゃないじゃん。もう1回、原点に帰ろうぜ。最初の気持ちどおり、世の中とか他の店とかは関係なく、俺たち4人が、サイコー！ って想える店にしようよ。もし、それが受け入れられなくて、客が増えないようだったら、すっぱりあきらめて、店閉めて、みんなで一緒に佐川急便ででも働こうぜ。4人で1年くらい働けば、借金も全部返せるべ！」ってな話になってね。
「そうだな。俺たちの感じる、『これだ！』っていうスタイルでやってみて、それがダメなら、あきらめもつくってもんだよな」
「よっしゃ。やるっきゃねぇ！」
「うりゃー！」って、みんなで、爆発してきてさ。

そこからは、ある意味、破壊系よ（笑)。
今までの、「繁盛のコツ」みたいな常識的な決まりごとは全部ぶっ壊して、自分たちが「いい！」って想うことだけをやる『完全自己満足モード』へ突入だよ。
酒も、自分たちが好きな酒だけを完璧に揃えた。
店内の音楽も、俺たちが好きな曲だけしか流さないようにした。
内装も自分の部屋みたいに、好きなものばっかり集めて創り直した。
ムカつくお客さんが来ても、「俺は、あんたみたいな人に酒を売るために店を始めたわけじゃねぇんだ。帰れ」って、まったく媚びないスタイルにして....。

そうやって、店のスタイルを自分たちの感性にピタッと合わせ始めたら、最初、お客さんは、さらに離れていったんだよねぇ....。
「それは、おまえらの自己満足だろ」「ビジネスってものが、わかってない」「客商売の基本をわかってない」「お客さんのニーズというものがうんちゃらかんちゃら」....ってね。

でも、その頃からだと思う。
本当の意味で、「俺たちの店」ってものが始まったのは。
「いいなぁ、この人」って想えるような人が、どんどん常連になってくれるようになって、「この店、サイコー!」って言ってくれる熱烈なファンも増えてきて、店は、少しずつだけど、明らかに盛り上がり始めたんだ。
そして、その流れは、どんどん加速されていった。
ホント、自分たち自身でも、店の空気が変わっていくのがわかった。

俺自身も、この店で働いていることが、メチャクチャ楽しくなってきたしね。
そして、それに応えるかのように、売上はアップし続けていった。
「やっぱり、自分たちの感性を信じ続けることだよな」って、おもいっきり実感したよ。

そんなこんなで、俺たちの店はブレイクしていったんだ。
それからは、一気！ だったぜ。
同じハートを持った新しい仲間も加わりながら、結局、2年後には、俺たちの店「ROCKWELL'S」は、4店舗まで広がったんだ。

GREAT !!

店が増えるに連れて、仲間も増えていって、店員と客のみんなで、「HEAVEN」っていう怪しい名前のサークルを創ったんだ。そのサークルも面白かった！

「死んだらゴメン！ ツアー」と題して、近所の湖にある、高さ20メートル近い橋の上から、ただひたすらダイブするだけのイベント「ヒモなしバンジージャンプ大会！」に始まって、ひたすら雪山を登りまくって凍傷者が続出した「雪山遭難ツアー！」をやったり、徹夜でバイクのコーナリングを競う12時間耐久レースをしたり…. 。

今想うと、死者が出なかったのが不思議なくらい、やばいツアーばっかりやってたよ (笑)。

あと、面白かったのは、「※**サイババ**は、本物か？ 偽者か？」みたいな話が発展して、「もう、めんどくせぇ！ 実際に見に行くべ！」ってことで、インドまで行っちゃった「サイババに逢ってみようツアー！」。
これは、偶然にも、サイババの寺院にいた5000人くらいの中から選ばれて、インタビュールームに呼ばれて、本当にサイババと個人面談ができちゃったんだ。そして、やっぱり、彼は本物だった！ (笑)

あと、違うタイプのイベントでは、※**マザー・テレサ**の影響を受けて開催した、「500人のサンタクロース」っていうのもあったね。店のお客さんを中心に、みんなで集めた500個のプレゼントを、地元の孤児院や、障害を持った子供たちの施設のクリスマスパーティーに参加して、みんなで配ってまわったんだよね。
あれも、とっても素敵な体験だった。
あとは、ジャック・マイヨールっていう人の書いた「※**イルカと、海へ還る日**」って本にハマって、みんなで、イルカと泳ぎに行ったりもしてたね。

まぁ、単純に、「楽しそう！」って思ったら、すぐにやってみないと気がすまない奴らの集まりだったから、話は早かったよ。

「時間がない。金がない」なんて言っても、誰も聞いてない状態でさ。
「うん、それはいいから、結局、行くの？ 行かないの？」
「ん〜。行く！」ってな感じのシンプルな展開で、気持ちよかったなぁ。

*BOOK:
「マザーテレサ・あふれる愛」 沖守弘／講談社

*BOOK:
「真実のサイババ」 青山圭秀／三五館

*BOOK:
「イルカと、海へ還る日」 ジャック・マイヨール／講談社

まぁ、そんな感じで、あの頃は、すべてが順調だった。
俺たちの店も4店に増え、最高の仲間もまわりに溢れていたし、マスコミにもたくさん紹介されて、お金もそこそこあって.... すごく楽しい日々だったよ。
ある意味で、その状態を目指して、今まで頑張ってきたわけだからね。

でも.... 。
正直言うと、俺たちの中に、「軌道に乗った」という感覚が漂ってくるにつれて、なんだか、本当の意味での楽しさというか、ワクワク感が、俺の中で失われてきていたんだ。
「この後、どこへ向かって頑張ればいいんだ？」っていう気持ちが出てきてさ。

「目標！ 年商10億円！」「次は100店舗目指して頑張ろう！」みたいな、新たな目標を無理矢理に創りだすことはできたんだけど.... どうも、ワクワクしなくてね。

そこで、自分自身に、もう一度、ゆっくりと聞いてみたんだ。
「これから、どうする？ どこへ向かう？」って。

そしたら、俺の心が叫んでた。
「いつまでも、小さな成功にしがみついてちゃダメだ！」って。
「プータローに戻って、また、ゼロから新しいことにチャレンジしながら、どんどん自分を磨いていこうぜ！」って。

それで、妙に、スッキリしたんだよねぇ。
すぐに、「俺は、店を辞めて、プータローに戻ろう」って決心した。

まぁ、そうは言っても、すべて、仲間と一緒にやってきたことだからね。
最初は、自分でも、「ここまできて、代表の俺が、今さら、店を辞めたいなんて、さすがに言えないな....」って感じだったんだけど、その欲求は収まるどころか、どんどん膨らんできてさ。
とうとう、一緒に店をやっている仲間たちに、話さずにはいられない状態まできちゃったんだ。

おもいきって、みんなに正直に話したら、みんな、わかってくれたよ。
根本的なところで､ちゃんとわかり合ってる仲間だったからね。
「あゆむがそう言うなら、しょうがねぇな」って感じで、気持ちよく理解してくれたんだ。

最後の夜に、今まで一緒に頑張ってきた店の仲間みんなで、カラオケハウス行って、またしても、ブルーハーツをシャウトしてた。
「終わらない歌」を、何度も何度も唄ってた。
あのシーンが、今でも、胸に残ってるよ。

そして、俺は、正式に、お店から離れることになった。
もちろん、経営権も何もない、ただのプータローに戻ったわけだ。

23歳だった。

*BOOK:
more about...
ROCKWELL'S & HEAVEN etc...
「新装版 毎日が冒険」 高橋歩／サンクチュアリ出版

★ more about...
Ayumu Takahashi Selection.

STORY 2

MY BOOK

- keep sanctuary in your heart -

「23歳。自分たちの出版社を始める」

プーになっちゃった日から、メチャクチャ暇で、メチャクチャ自由でさ。
カネは全然ないけど、やんなきゃいけないこともないし。
「さぁ、360度、どこでも行けるし、なんでもできるぞ！」っていう気持ちだったね。

もともと、「過去の飲食店経営の実績や経験を生かして、さらなるステップを」みたいな考え方はゼロだったから、ひとりのプータローとして、また、生まれ変わったようなホワイトな気持ちで日々を過ごしてた。

「次、何しよっかなぁ。とりあえずカネないし、引越しバイトでもして、つなぎながら考えるかな」って、しばらくプラプラしながら、パチンコしたり、飲み歩いたりして。
まぁ、あまりに暇な午後は、ジャイアン気分で、公園で子供たちをイジメたりして....(笑)。

そんな時、友達のマサキと一緒に、本屋に行ったんだよね。
ふたりで、自伝が並んでるコーナーの前で話してて、ふっと、「ここに、俺の自伝があったら、面白くねぇ？」っていう話になってさ。
「キューリー夫人、野口英世、高橋歩、アインシュタイン....なんてなってたら笑えるべ？」みたいな。「まったく有名でもない、さっき、タワーレコードでドリカムのＣＤ買ったばかりの普通の23歳の男がさ、自伝出しちゃったら超熱いべ！」ってな話でどんどん盛り上がってきてさ。
「すごい人だから自伝出すんじゃなくて、先に自伝出して、すごい人になっちゃう？　なっちゃう？」なんてふざけているうちに、だんだんマジになってきちゃったわけよ。
「おう。んじゃ、自伝出すためには、まず何をすればいいわけ？」って、いつのまにか現実モードに入ってきてさ（笑）。

そんな感じで、俺とマサキの中で、「自伝プロジェクト」が始まったわけよ。
まぁ、いろいろと本を読んで調べていくうちに、「自分の本を出すためには、出版社に企画書を提出して採用されればいい」ってことがわかってきたんだけど、「そんなの面倒だなぁ。なんで、自分の本なのに、他人の許可が必要なんだよ」って話になってきてさ。
結局、最後は、「じゃ、めんどくせぇから、自分たちで、出版社創っちゃうべ！」ってことになって….。
今想えば、コレが試練の始まりだよ（笑）。

出版のシの字も知らない俺たちは、もうイケイケでさ。
さっそく、「熱い出版社を始めます！　仲間募集！」って言って、仲間を集め始めてさ。結局、俺とマサキに加えて、アメリカンフットボールとイルカを愛する少年だった弟のミノルと、湾岸で改造スカイラインを乗りまわしてる走り屋のコンの2人が仲間入りして、計4人、平均年齢20歳の史上最年少出版社が誕生したわけよ。

社名も、お気に入りの熱いマンガ「※**サンクチュアリ**」から、そのままとって、「サンクチュアリ出版」ってことで、安易にサクッと決めちゃって。

出版社を始めるのに、資金がいくら必要なのか、まったくわからないから、「とりあえず、店の時と同じで600万円集めるべ！」ってムチャクチャなことを言って、またしても、あの地獄のお金集めDAYSに突入したんだよね。
基本的には店の時と同じで、「持ち物売って、人間モルモット行って、卒業アルバム開いて電話しまくって….」ってな、お約束のコース！ (笑)
でも今回は、免疫（？）もあったせいか、前回よりは、比較的スムーズに、ちゃんと600万円集まったよ。

*BOOK:
「サンクチュアリ」原作：史村翔　作画：池上遼一／小学館

まぁ、お金が集まったのはいいんだけど、俺たちは、出版のこと知っている奴がゼロの出版社だったからね。根本的に、出版社っていっても、何をすればいいのか、まったくわからない....(笑)。
まずは、「本って、どうやって創るの？」から調べ始めて、ようやく、「印刷会社で創るらしい」っていう情報を手に入れて、「んじゃ、俺たちは、どこの印刷会社に頼む？」っていうところまで、１週間ぐらいかけて、なんとかたどり着いたわけ。
んで、俺がいつもどおり、根拠のない自信全開モードで、「俺たちは、ベストセラーを創るんだから、町の小さな印刷会社じゃダメだ。日本のトップ10社のどこかと取引するべ！」って言い出したもんだから、さぁ、大変（笑)。

さっそく、4人で手分けして、トップ10社の印刷会社まわりを開始したんだ。
俺たちは、せっかく買ったばかりのスーツを着て行ったのに、結局、10社中9社で玄関払い&門前払いされてさ。
でもでも、その残り１社の営業課長さんが、「キミたちは、金の卵だ！ 応援するぞ！」って言ってくれて....。ホント、嬉しかったよ。しかも、その人が俺たちに、出版の基本をゼロから手取り足取り教えてくれたおかげで、俺たちの出版社も、急ピッチで、それらしくなってきたんだ。

それから俺は、小学生並みの文章力を駆使して、必死に自伝を書き始めてさ。

みんなは、必死で全国の本屋をまわって、「俺たちの本を置いてください！」って営業してさ。
「出版界のルールなんて、何もわかんないけど、とりあえず、俺たちが、『これだ！』と想うやり方で完全燃焼してみようぜ！」って言いながら、俺の自伝の発売へ向けて、みんなで、やれる限りのことをやってみたんだ。

いざ、発売！ っていう日に、俺たちの出版社「サンクチュアリ出版」の記念すべき1冊目の本であり、俺の自伝である「HEAVEN'S DOOR」が、新宿紀伊國屋の棚に、ドーンと積まれてるのを見た時は、感動したなぁ。
「よしっ！ これでベストセラー確実！ 出版なんて、ちょろいちょろい！」なんて言いながら、早くも4人で乾杯してたよ。

でも、いつもどおり、そうは問屋が卸さないんだよね（笑)。
俺の1冊目の自伝は、まったくと言っていいほど、売れなかった。
「マジで？ なんで？」って、びっくりしちゃうくらい売れなかったよ。
今想えば、素人集団のくせに、なんでそこまで自信があったのか、よくわからないけど、「この本は、絶対に売れる！」って、勝手に信じていた本だったからね。
それがまったく売れなくって、呆然としちゃってさ。

しばらくは、4人で途方に暮れてたんだけど、でも、まぁ、まだ１冊目だったから、「こんなこともあるだろう。次だ！次だ！」って、新しい仲間も加わりながら、気持ちを切り換えて元気に頑張ってたんだよね。

でも、なかなか、結果はついてこなかった。
２冊目として出版した、弟のミノルが書いたイルカのエッセイも、3冊目に出版した、友達が書いた小説も、まったく売れなかった時には、さすがに俺たちの中に、「マジでやばい。このままでは、俺たちの出版社はつぶれる....」って、シャレにならない空気が流れ始めたんだ。

最初に集めた600万円も、とっくに底をついて、新たな借金に次ぐ借金で、会社はどうにか存続しているような状態だったし、給料なんて、もちろん出てなかったし、不幸なトラブルが重なって新しい本もなかなか完成しないし....っていう最悪な状態だった。
まぁ、そんな状態だったから、仕方がないことなんだけど、仲間も、ひとり、またひとりと辞めていっちゃって、結局、最後に、俺と、弟のミノルと、3000万円の借金だけが残ったんだ。

この時は、さすがに落ち込んだね。
今度は、出版社辞めて、佐川急便で働いて返せるようなレベルの金額じゃなかったし（笑)。「自分たちが、サイコー！って想うものを創って、あきらめずに頑張っていれば、必ず結果はついてくる」っていう俺のポリシーも、さすがに揺らいだ時期だったよ、あの頃は。

でも、まぁ、落ち込めば本が売れるわけじゃないからさ。
結局、今、やれることをやっていくしかないわけでさ。
「今いる場所から、前を見よう！」なんて、必死になって自分に言い聞かせてたよ。
「もう、ぐちゃぐちゃ考えてても、しょうがねぇ。次の本、次の本！ もう、次の本のことだけを考えよう。やれることは、それしかねぇ！ やってやるぞコンニャロー！ ビール、おかわりー！」なんて、ヤケクソになって、酒飲みながらテンション高めてたよ（笑）。

そして、勝負の4冊目の本は、「辞めることから始めよう」というタイトルの本。
自分に正直に生きようぜ！ という気持ちを込めて出版した本だった。
なんと、それが、初めてのヒットを記録したんだ！やったー！

もう、初のヒットだったからね。事務所に届く読者からの手紙や、全国の本屋さんからどんどん送られてくる注文書の束を見て、「これが、ヒットかぁ！」って実感してたよ。
ホント、感動した。嬉しかったなぁ。
その頃は、毎晩、みんなでオフィスに泊りこんで、徹夜なんて当たり前の状態で必死に頑張ってたから、その想いが報われたような気がして、余計に嬉しかったね。

読者から届く手紙を読みながらさ、「こんな俺たちでも、本というものをとおして、多くの人の人生を応援することができるんだ」っていう感覚を持てたのは、あの時が初めてだったよ。
「出版」っていう仕事の楽しさを、身体の真ん中で初めて感じられた気がしたね。
「やっぱ、出版社を始めてよかった！」って、心から想った。
もう、俺の場合、こうなったらイケイケだ！ (笑)

その後は、自分たちのリスペクトする人たちの名言集を出版したり、俺の自伝の第２弾を出版したり、自分の店や自分の本を出すための最強ガイドブックも創ったし、熱い男アントニオ猪木のスピリッツブックも創った。
そして、ほぼすべての本が、ヒットした！

こうして、俺たちの「サンクチュアリ出版」は、新しい仲間を加えながら、多くのヒットを飛ばしながら、自分たちが創りたい本を創り、ちゃんと売れるっていう愉快痛快な出版社として、成長街道を爆進していったんだ。

なんか、会社っていうよりは、バンドみたいな感じだったよ。
いつも、一緒に仕事して、一緒に飲んで、一緒に旅して....
メンバーそれぞれの色がうまく溶け合っててさ。
そんな仲間で、本を創ること、そして、多くの人に伝えていくことの楽しさを満喫した日々だったね。まぁ、相変わらず、睡眠時間は足りてなかったけどさ (笑)。

そして、26歳になったばかりの夏。
いよいよ、この出版プロジェクトも終わる時がきた。

一番苦しかった頃、「あと、2年、頑張ろう。それまでに圧勝して、胸張って解散しようぜ」って、みんなで話していた約束の時期でもあったし、俺の中でも、「そろそろ、出版社も軌道に乗ってきたことだし、またプータローに戻って、ゼロから新しいことにチャレンジしてみたい」っていう欲求が溢れてきた頃でもあったしね。

みんなで、解散についての話をした夜。
ずっと、一緒に頑張ってきた仲間であるツルくんが、「俺は、出版という仕事を一生やっていきたいから、サンクチュアリ出版は俺が引き継ぐよ」って言ってくれたんだ。
おかげで、サンクチュアリ出版は、俺たちが離れて４年以上経った現在でも、元気バリバリの出版社として、成長を続けている。

そして、1998年8月30日。
最後の夜は、サイコーの夜だった。
東京お台場のビーチに、シャンパン（ドンペリ！）やら、ビールやら、寿司やら、ピザやらをどっさり持ち込んで、ONE NIGHT BARを創ってさ。
みんなで、シャンパンファイト＆ビールかけをしてから、極上の乾杯！ をした。
みんながほろ酔いになってきたところで、「最初で最後のマジトークをしよう！」って言って、各自、他のメンバーへ、ひとことずつ、マジなエールを贈ってさ。
普段、毎日のように一緒にいる仲間に、まじめに感謝の言葉を言うのって、とっても照れくさかったけど、誰もが、自分なりの表現で､最高の気持ちを交換しあえた時間だった。
本当に大変だった頃から、最後の夜を迎えるまで、一緒に頑張ってきた仲間の顔を見てたら、様々なシーンがフラッシュバックしてきてさ。
いい大人のクセに、みんな、ガン泣きだよ。
まぁ、もちろん、俺もガン泣きだけど (笑)。

最後に、俺たちで創った「空」という歌をみんなで唄って、ビーチにダイブして、サンクチュアリ出版という旅は、終わりを告げたんだ。

Keep sanctuary in your heart.

高橋歩。26歳。夏。
またしても、晴れやかなプータローに。

さて。次は何をしよう？

*BOOK:
more about...
SANCTUARY BOOKS
「SANCTUARY」 高橋歩・磯尾克行 共著／サンクチュアリ出版

STORY 3

WORLD JOURNEY

- love & free -

「26歳。妻とふたりで、世界放浪の旅へ」

プーになって、次にやったこと。
それは、6年間付き合ってきた彼女のサヤカと結婚して、ふたりで世界一周だ！

まぁ、きっかけは、またしても単純でさ。
「ねぇ、サヤカ。ドランゴンボール7つ揃って、なんでも願い事が叶うとしたら、何したい？」
「う〜ん。まぁ、ひとつだけって言うなら、あゆむと世界一周したいかなぁ」
「オ、オッー！ 世界一周？ いいねぇ、それ！」
すべては、新宿のカフェで交わされた、そんなベタなカップルの会話から始まったわけよ（笑）。

まぁ、マジな話、「今まで、仲間といろいろやってきたけど、せっかく結婚してフリーになるわけだし、次は、サヤカと一緒に何かしてみるのもありだな」っていう気持ちもあったから、「ふたりで世界一周」という言葉を聞いた瞬間に、俺の頭の中で、何かが「パンッ！」っと、ハジけたんだ。

「よっしゃ！ 世界一周！ マジで行っちゃうか！」って、宣言したのはいいんだけど、「まず、お金はどのくらいかかるのかな？」って思って、いつものとおり、本屋へ直行して、いろんな本を調べてみたんだけど.... 結局、わからない（笑）。
当たり前だけど、コースもいろいろあるし、時期によっても違うし、宿泊場所や交通手段によっても変わってくるし.... って、どんなガイドブックにも書いてあってさ。

「この国が面白い！」みたいな情報も無限にあるから、コースを決めるっていっても、なんだか決めようがねぇし….。

「もう、いいや！ めんどくせぇ。とりあえず、お金を貯められるだけ貯めて、結婚式の3日後に出発しちゃえ！ コースも決めない。期間も決めない。世界地図を見ながら、気の向くままに旅すればいいよな。まぁ、カネなくなったら、帰ればいいしな」って、スパッと決めて、さっそく、旅行資金を貯めるためのアルバイトをスタートしたんだ。

ホント、まるでお金持たずにサンクチュアリ出版を辞めちゃったからね（笑）。
ほぼ、ゼロからのスタートだよ。
出発の日まで、2ヶ月くらいしかなかったから、次の日からできるような引越しバイトや、日雇いのドカタやったり、トークライブやってギャラもらったり、結婚祝いを貯めこんだり、カード作ってキャッシングしたり….（って、これは、貯めたことにならないか？）。ホント、ちょっと前まで社長だったのに、何やってんだろうね（笑）。

まぁ、なんだかんだで、お金作って、結婚式の3日後、「私、まずはグレートバリアリーフに行きたいなぁ」というサヤカの希望により、オーストラリアのケアンズへ向けて、成田空港を出発したんだ。

ふたりで気ままに旅して、約１年8ヶ月。
大きなバックパックを背負い、旅用の小さなギターとハーモニカを片手に、文字どおり、北極から南極まで、世界数十ヶ国をまわってきた。

せっかくだから、大まかに、旅のコースを紹介すると....

まず、オーストラリア大陸をケアンズから時計まわりで一周。長距離バスとレンタカーを組み合わせながら、ゆっくりとまわった。途中、南極にも寄ったんだけど、青と白だけの世界ですごかったぁ。

んで、インドネシアのバリ島から、シンガポール、フィリピン、マレーシア、タイ、というコースで東南アジアを旅した後、インドに入ってマザーテレサの施設やガンジス川に滞在。次は、ヒマラヤ山脈を味わいに、バスでネパールへ。

そこから、北上して、モンゴルまで行って、遊牧民の家族と暮らした後、シベリア鉄道へ。バイカル湖などで途中下車しながら、ユーラシア大陸を横断してモスクワに到着。モスクワをゆっくり楽しんだ後、北欧のフィンランドへ入って、さらに、北へ北へと北極圏まで行った。

んで、お次は、イギリスから、ヨーロッパ各国の旅を開始。オランダ、フランス、さらに南へ下って、スペインの南端から船でジブラルタル海峡を越えて、アフリカ大陸の北端の国であるモロッコへ入り､念願のサハラ砂漠&オアシスを。そこから、エジプトやイスラエルといった中東地域をまわった後、アフリカ大陸のケニアへ戻って、野生の王国を堪能。今度は海へ！ ってことで、世界ナンバーワンビーチを有する島として名高いモーリシャス島で、ゆる〜い時間を。

そこから、一気に、南米のペルーへ飛んでマチュピチュやナスカの地上絵など、世界遺産をいくつも楽しんだ後、チリのイースター島へ飛んで、モアイ像にも対面。
そこから、オセアニアのタヒチで、のんびりとアイランドトリップを楽しんだ後、太平洋を北上してハワイへ。
その後、アメリカのロスへ入り、そのまま、西海岸を北上しまくって、最後、アラスカでゴール！.... っていう感じの旅だった。

ほんと、楽しかったなぁ、のひとことに尽きるね。
よく、「世界中でどこの国が面白かったですか？ オススメは？」なんて聞かれるけど、そんなの簡単に決められるわけないじゃん！ (笑)
でも、俺にとって、強く印象に残っているという意味では、インド、モンゴル、サハラ砂漠、ケニア、アラスカ.... あたりが、強いかなぁ。
でも、好き嫌いは人それぞれだろうし、タイミングにもよるだろうし、こういうのって、あまり参考にならないと想うけど？ (笑)

まぁ、やっぱり、今回の旅のミソは、「妻のサヤカとのふたり旅だった」ってことだと思うな。

サヤカは、結婚前まで、銀座でOLしてた人で、ハングリー＆ワイルド系というよりは、プラダ＆シャネル系の人。
それに比べて俺はこんな感じだからね（笑）。
ふたりのやりたいこともまったく違うし、見たいものも、好きなものも、金銭感覚も、体力も、思考回路も、価値観も、何もかも違うんだよね。

だから、ふたりでずっと一緒に旅を続けていくこと自体が、大冒険だった。
特に最初の頃は、毎日、毎日、ケンカばっかりだったよ。
でも、特別に治安のいい国は別としても、トイレに行く時とシャワー浴びてる時以外は、ほとんどずーっと一緒にいるわけで、逃げ場もないしさ。
結局、ごまかさずに、互いの不満やすれ違いに正面から向き合って、じっくりと話し合いながら、ひとつずつ、ひとつずつ、解決していくしかなかった。
いくら妻とはいえ、自分以外の人間と、あそこまで深く向き合って過ごしたのは、初めてだったよ。

でも、今となれば、それが、とっても貴重な時間だったと想う。
自分自身が楽しく生きていくことはできる俺だけど、ふたりで楽しく生きていくということは、また違うものだしね。

「直感で通じ合うふたり」なんていえばカッコイイけど、本当の意味で、ふたりの幸せをしっかりと重ねていくためには、膨大な会話と、共有する時間が必要なんだなって、実感した。少なくとも、俺たちふたりの場合は、そうだった。

ふたりがひとつであるために。ふたりがふたりであるために。

まぁ、そんな気持ちで、日々を過ごしながら....
現在も、悪戦苦闘中です！ (笑)

あと、旅をしてみて大きかったなぁ、と思うのは、やっぱり、いろんな人たちとの出逢いだね。
ありきたりかもしれないけど、やっぱり、強く、そう思うな。

この旅をとおして、地球上のさまざまな生活に触れ、いろんな人と出逢いながら、「こんな生き方もありなんだ」「あんな生き方もいいよなぁ」なんて、感動しまくりだったもんな。
旅に出る前から、「生き方は人それぞれ」なんて、知っているつもりだったけど、この旅をとおして、さらに、いろんな価値観、いろんな幸せ、いろんな生き方に触れていくことで、「生き方の選択肢」っていうか、「生き方の自由」みたいなものが、俺の中で圧倒的に広がった気がするよ。

肩書きとか、実績とか、年齢とか、そういうことと関係なく、とっても素敵だなぁって想える人に、たくさん出逢えたから。
あらためて、「人間は、いろいろいるからこそ面白い！」っていう気持ちが、俺の中に強く生まれた気がする。

まぁ、せっかくだから、今回の世界一周の旅、そして、帰国後に日本を歩いた旅をとおして出逢った素敵な人たちを紹介するよ。

他人を知るということは、自分を知るということでもあるしね。

まぁ、ゆるりと、楽しんでみて。

世界の路上で出逢った人々

Adventure Life / World Journey
People #01 / in Holland

「私はとにかくハンモックが大好きなの。寝心地がいいとか、そういうことじゃなく、存在自体が好きなの。だから、現地で働きながら貧乏旅行を続けて、世界中のハンモックを集めたわ。6年以上もかけて。それで、やっと去年、このお店をオープンできたってワケなの」

オランダのアムステルダムでハンモック屋さんを経営するオランダ人女性の言葉。彼女の店には100種類を超えるハンモックが所狭しと並んでいた。素敵だったなぁ。

世界の路上で出逢った人々

Adventure Life / World Journey
People #02 / in USA

「明けても暮れても猫、猫、猫。猫で睡眠不足になり、猫でお金が足りなくなり、猫で旅行にも行けない。でも、困っている猫を見ると放っておけないから、不満があっても、やっぱりやらないわけにはいかないの」
「猫のために生きているようなものだわ」

ニューヨークのマンハッタンで野良猫のレスキュー団体を運営しているアメリカ人中年女性の言葉。保健所に運ばれて「始末」されてしまう前に、一匹でも多くの猫を救おうと、毎晩のように仕事を終えた時間から街に出かけ、猫を捕まえては里親を探す、という日々を送っているという。

世界の路上で出逢った人々

Adventure Life / World Journey
People #03 / in Australia

「こうやって、見も知らぬ人々と出逢い、お互いの人生を交換することが楽しいんだ。自分の心の赴《おもむ》くままに、自由に、行きたいところへ、行きたい時に行くんだ。俺はこうやって20年以上も生きてきた。お金なんてなくったって、死にやしないさ」

オーストラリアのバイロンベイという町でビーチに暮らすヒッピー、デイビットの言葉。奇妙な笛を吹きながら、ビーチを歩きまわっている彼は、旅行者に近づいていっては話し込んでいた。

世界の路上で出逢った人々

Adventure Life / World Journey
People #04 / in Australia

「僕は、ジョン・レノンの唄った『世界はひとつ』という言葉が好きでね。でも、僕はギターは弾けないし、歌は唄えないから、この『ONE WORLD』っていう小さな雑貨屋で、僕なりに表現してるってわけさ」

オーストラリアの小さな町で「ONE WORLD」という名の小さな雑貨屋を営む男性の言葉。世界中の雑貨が並ぶ店内の隅に、ちょこんと置かれた古い看板〜「ONE WORLD」と刻まれた店の看板は、とっても地味だけど手造りの暖かみに溢れていた。

世界の路上で出逢った人々

Adventure Life / World Journey
People #05 / in Australia

「週末は家族と自然の中で過ごすためにあるんだよ。その時間が一番、本当の自分に戻れる時間だ」

オーストラリアのキャンプ場で子供たちと仲よく料理をしていたお父さんの言葉。オーストラリアでは週末は、会社どころかデパートさえもオープンしないのが普通なので、こういったお父さんによく出逢った。

世界の路上で出逢った人々

Adventure Life / World Journey
People #06 / in India

「この地で死ねること以上に幸せなことはない」

インドのガンジス川で、身体を洗っていた老人の言葉。彼は、この地で死ぬために、数十年間共に暮らした家族と離れ、「自分の身体が灰になり、ガンジス川に還る日」を待ちながら、川のほとりの小屋で、物乞いをしながら暮らしているという。

世界の路上で出逢った人々

Adventure Life / World Journey
People #07 / in Indonesia

「俺は彼女のために唄い、彼女のために生きている。その幸せと悲しみを込めて唄うぜ」
「俺は有名になりたいわけでもないし、カネが欲しいわけでもない。もしかしたら、ギターを弾くことさえ、好きじゃないのかもしれない。ただ、『彼女を喜ばせたい』の一心で頑張ってるだけだよ」

バリ島・ウブドゥの路上でギターを片手に唄っていたインドネシア人の若者の言葉。「彼女が俺のすべて」という彼は、週2回のアルバイトで生活費をまかないながら、彼女のために歌を唄って暮らしているという。

世界の路上で出逢った人々

Adventure Life / World Journey
People #08 / in Peru

「若い頃は、とにかくお金が欲しかった。それがすべてだった。でも、今は、やっぱりこの国で、家族と一緒に暮らせることに幸せを感じるね」

日本への「出稼ぎ」を終え、祖国ペルーに戻ったばかりだというペルー人男性の言葉。世界で一番、空に近い町、クスコにて。

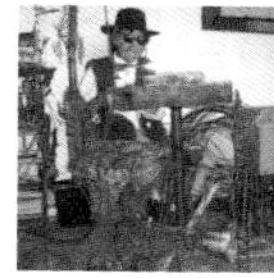

世界の路上で出逢った人々

Adventure Life / World Journey
People #09 / in Australia

「ラブ&ピースさ」

ある国に着いたら、ゴミ処理場に行って、ガラクタを集め、そのガラクタを焼いたり、繋げたり、組み合わせたりしながら創った作品を路上で売り、作品が売れてお金ができたら、また次の国へ行く。しかも、作品の売上の一部を少額ながらその国の恵まれない子供たちのために寄付し続けている.... 何年も、そんなふうに旅を続けながら、世界中にファンを増やし続けているアメリカ人の「ガラクタ・アーティスト」(!?) の言葉。「どんな想いを作品に込めてるの？」という質問に対してのひとこと。

世界の路上で出逢った人々

Adventure Life / World Journey
People #10 / in Russia

「日本人とロシア人が友達になることを手伝えれば満足です」
「日本人とロシア人に限らないけれど、人と人や、国と国がケンカしてしまうのは、きっと、お互いのことをよく知らないからなんだと思う。だから、私は、日本人とロシア人がお互いのことをよく知るためのきっかけになるような、そんな生き方をしたいと思ってるの」

シベリア鉄道の車内で出逢った日本語を勉強しているというロシア人女子大生の言葉。
世界の歴史を勉強しているうちに、日本人の精神の美しさ（!?）に興味を感じて、日本語を学び始めたという彼女は、夏のアルバイトとして、他の車両に乗っている日本人団体客の添乗員をしていた。

世界の路上で出逢った人々

Adventure Life / World Journey
People #11 / in England

「私が掃除をすることでみんなが気持ちよくなる。他人はなんて言うか分からないけど、私は誇りを持ってるわ。この仕事ができて幸せよ」

ロンドンの地下鉄の暗いトイレで、明るく元気に働いていたブロンド美人の言葉。若さと美貌とトイレ掃除っていうのが、あまりにもミスマッチな気がして、「この仕事、大変だね」なんて聞いた俺への返事として。

世界の路上で出逢った人々

Adventure Life / World Journey
People #12 / in Philippine

「高度なテクノロジーの溢れる都会の暮らしもいいけど、俺はシンプルなテクノロジーと、きれいな海があれば、毎日サイコーの気分だよ」
「この海が好きだから、俺はこの海を守りたいんだ。ただ、それだけだよ」

フィリピンのスールー海の漁村で暮らす、海を守る若者たちの言葉。同年代の若者たちがみんな都会に出て行ってしまう中で、彼らは、「死ぬまで愛する海と共にあり続けたい」と語っていた。

世界の路上で出逢った人々

Adventure Life / World Journey
People #13 / in Spain

「俺は20年間、世界中をずっとずっと航海してきた。繰り返される日々が嫌いだったからな。でも、愛する女性を見つけた日から、俺は変わった。今では、愛する妻と子供たちと一緒に暮らすために、このジブラルタル海峡を1日2往復するだけの繰り返される毎日を過ごしてる。でも、神に誓って言う。今が、一番幸せだ。俺の冒険は、彼女という宝を見つけることで終わったんだ」

スペインの南端からアフリカ大陸モロッコへ。ジブラルタル海峡を越える船の甲板で出逢った船員の言葉。

世界の路上で出逢った人々

Adventure Life / World Journey
People #14 / in Mongolia

「家族が無事に生き抜いていくこと。それこそ、
私にとっての幸せそのものだ」

東京から飛行機で数時間の場所で、食料も水も病院も薬も充分にない荒地を、遊牧しながら暮らしている人々がいる。モンゴルのゴビ砂漠に暮らす遊牧民の老人の言葉。

世界の路上で出逢った人々

Adventure Life / World Journey
People #15 / in Morocco

「俺たちはお金のために音楽をやってるんじゃない。今、この瞬間を幸せな気分で過ごすために、音楽が必要なだけさ」

サハラ砂漠で出逢ったノマド（砂漠を遊牧する人々）の若者たちの言葉。俺たちふたりのために、見たこともないほど素晴らしいパーカッションを叩いてくれた彼ら。「すごいよ！ ここまですごかったら、デビューして大金持ちになれるぜ！」という俺の安易な言葉に対してのひとこと。

世界の路上で出逢った人々

Adventure Life / World Journey
People #16 / in Tibet

「旅なんて止めて、早く自分の国に帰りなさい。自分の生まれた場所で暮らせることが一番の幸せなのよ」

ヒマラヤ山脈の麓、チベット難民のキャンプでひとりのおばさんに出逢った。祖国チベットから中国の軍隊に追われ、小さな子供をふたり連れ、2ヶ月間かけてヒマラヤ山脈を越えてきたのだという。「FREE TIBET」〜チベットに自由を〜と書かれた看板が、とても切実に思えた。別れ際、彼女が少し冷めた目をして、俺に残していったひとこと。

世界の路上で出逢った人々

Adventure Life / World Journey
People #17 / in India

「俺は毎年、テーマってもんを決めて生きてる。今年のテーマは『世界のお祭り』だ。だから毎日、お祭り、お祭り、お祭りっていう日々さ。こういう極端な暮らしが好きなんだ、俺」

インドのカルカッタの空港で知り合った日本人の若者の言葉。彼は1年のうち3ヶ月間は早朝から深夜まで働き、残りの9ヶ月間で、そのお金を使って、テーマを決めて世界を旅する、という暮らしをここ5年ほど続けているという。ちなみに去年のテーマは、「世界の飲み会」だったらしく、世界50ヶ国以上の人と飲んだって言ってた（笑）。
いいよね〜。

世界の路上で出逢った人々

Adventure Life / World Journey
People #18 / in India

「絵を描いてるとねぇ、なんか、時間の制約を超えられるような気がするんだよね。心の中では、3000年前のインドにもワープできちゃうしねぇ。その感覚が至福の感覚なんだよね」

インドのカルカッタで出逢った日本人の放浪画家の言葉。彼は若い頃から、世界を放浪して絵を描いては、日本に帰って個展を開く、という暮らしを30年以上続けているという。

世界の路上で出逢った人々

Adventure Life / World Journey
People #19 / in Philippine

「ここって天国だよ。俺、2年前に日本に家族捨てて来ちゃったけど、ここで暮らしてるだけで、毎日ハッピー、ハッピー。だって、自由だろ、ここは」

フィリピンの首都、マニラに暮らす日本人男性の言葉。

日本の路上で出逢った人々

Adventure Life / World Journey
People #20 / in Japan

「３度の飯より、奥さんよりも夕日が好き」

夕日が大好きで、日本中の夕日を追いかけ続け、遂に「夕日評論家」として、メシを喰えるようになったという男性の言葉。

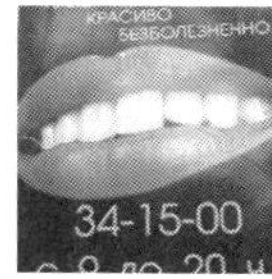

日本の路上で出逢った人々

Adventure Life / World Journey
People #21 / in Japan

「とにかくセックス」

今まで1000人近くの男と寝たことを誇りにしているという驚異の「セックスおばさん」の言葉。とにかくセックスすることが好きで、男に抱かれることを生き甲斐にしているらしい。

日本の路上で出逢った人々

Adventure Life / World Journey
People #22 / in Japan

「ここは食費も、宿代も安い。週に2、3度、働きたいときに働けばいい。うるさいことを言う奴もいない。これこそ最高の暮らしだ」

「日本のスラム」とも言われる場所、東京の山谷に暮らし、日雇い労働をしている男性の言葉。

日本の路上で出逢った人々

Adventure Life / World Journey
People #23 / in Japan

「公立高校、国立大学、公務員と、お世辞にも華やかとは言えない人生だけど、僕は、安定した毎日、っていうのに魅力を感じるタイプなんだよね、珍しいかもしれないけどね。だから、今の暮らしには、とっても満足してるよ」

千葉県の某飲み屋で知り合った郵便局で働く男性の言葉。

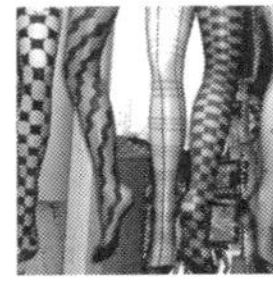

日本の路上で出逢った人々

Adventure Life / World Journey
People #24 / in Japan

「俺の夢は、今井美樹のような女(!?)になること」

新宿2丁目のパブで働きながら、日々、今井美樹のような女になろうと努力しているおじさんの言葉。おじさんの働いている店には、ちゃんと、今井美樹のポスターが貼ってあるそうだ（笑)。

日本の路上で出逢った人々

Adventure Life / World Journey
People #25 / in Japan

「世界中の川で染めてみたけど、やっぱり隅田川だな。俺のすべてがここにあるからな。ずっと、この川と一緒に生きていきたいもんだな」

隅田川にこだわり続けた江戸友禅の職人さんの言葉。

日本の路上で出逢った人々

Adventure Life / World Journey
People #26 / in Japan

「いろいろあるが、生きていくうえで大事なことは、家族を守ること。それだけだな」

山形県米沢市で農業を営む男性の言葉。

日本の路上で出逢った人々

Adventure Life / World Journey
People #27 / in Japan

「料理、洗濯、掃除、子育て....。主婦とか、家事とか言われるものだって充分、奥が深いのよ。私の今の目標は主婦を究めること。それによって、家族のみんなが喜んでくれれば幸せでしょ」

いつも元気で、とってもステキな女性、友人Tのお母さんの言葉。「ちょっと失礼な質問かもしれないけど、いつも家にいて、退屈じゃないですか?」という俺の質問に対して。

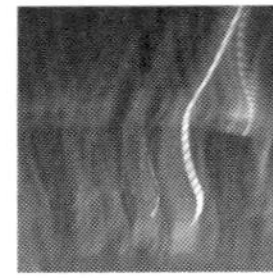

日本の路上で出逢った人々

Adventure Life / World Journey
People #28 / in Japan

「俺は実現するかどうかには興味がない。妄想し続けることが生き甲斐だからな」

両親の莫大な遺産のおかげで、50代になった今も無職で、人生で労働したことがない、という変わった男性の言葉。周囲の人々からは、「妄想おやじ」と呼ばれていた。

日本の路上で出逢った人々

Adventure Life / World Journey
People #29 / in Japan

「仕事なんかどうだっていい。それで自分を表現したいわけじゃないし。職場の人に迷惑をかけない範囲で適当に働いて、生きるためのカネがもらえればいい。何はともあれ、バイクでしょ」

バイクが大好きで、バイクに乗っていられれば幸せという友人Nの言葉。有名大学を卒業していながら、就職先も「バイクコースから近い」という理由だけで、給料の安い小さな会社を選ぶという徹底ぶり。

日本の路上で出逢った人々

Adventure Life / World Journey
People #30 / in Japan

「一番、自分が誰かの役に立っていると実感できて幸せだから、この施設にいる。自分が幸せを感じることができるから、ここで働いてる。いい人ぶってんじゃねぇよ、なんて言われたこともあるけど、そんな風に、他人にどう思われるか、なんてことのために働けるほど楽じゃないよ。言ってしまえば、俺のエゴで働いているんだよ」

ある障害者の施設で働いている友人Kの言葉。彼は大声を出しながら、きっと、今日も施設内を走りまわっているに違いない。

日本の路上で出逢った人々

Adventure Life / World Journey
People #31 / in Japan

「人並みでいいから、子供たちが楽しく幸せに暮らしていってさえくれれば、他に何も望むことはないわ」

横浜で暮らしているうちの母の口癖（笑）。

今、この時も、地球上には60億もの人が暮らしているわけで、60億とおりの生き方や価値観や幸せがあるわけで.... ホント、生き方って、いろいろだよな。

日々の生活の中で、知らないうちに小さな枠の中で考えちゃうけど、せっかくこの地球に生まれてきたんだし、いろいろ見て、触れて、感じながら、自由に自分の人生を選んでいきたいよな、って思うよ。

今の自分が知っていることなんて、氷山の一角にすぎない。
地球は広い！ 人生は短い！

もっともっと、なんでも見てやろう！
食べてやろう！ 出逢ってやろう！ 感じてやろう！ 遊んでやろう！

って、強く思いながら....。

まずは、お金を貯めることからかぁ（笑)。
さぁ、今日も、元気に働くぜ！ （笑)

んで、28歳になったばかりの頃、俺たちは、世界一周の旅を終えて日本に帰国した。

そこで、サヤカと一番最初に相談したことといえば....

「ねぇ、帰ってきたのはいいけど、私たち、どこに住む？」
ってことだったね。

*BOOK:
more about...
WORLD JOURNEY
「DEAR.WILDCHILD Volume:1 ～ 5」 文・写真　高橋歩／サンクチュアリ出版

*BOOK:
more about...
WORLD JOURNEY
「LOVE & FREE」 文・写真　高橋歩／サンクチュアリ出版

★ more about...
Ayumu Takahashi Selection.

STORY 4

ISLAND PROJECT

- sea & sky -

「28歳。帰国。
沖縄の離島から島プロジェクト始動！」

世界一周の旅を終えて帰国してから、サヤカとふたりで、「住むとこ探し！」みたいなノリで、日本をゆっくり旅したんだ。

その旅の中で、強烈に出逢ってしまったのが、沖縄だった。
もともと、俺がヤンキー時代から読み続けていて、愛してやまない作家、※**灰谷健次郎さんの『太陽の子』**という小説で、沖縄という土地を強烈に意識して以来、常に心のどこかには引っかかっていたんだけど、この旅で、初めて、ゆっくりと堪能できたんだ。

そしたら、もう、一発だよ。惚れちゃったよ。
沖縄の素晴らしさを細かくあげればきりがないけど、人に惚れるのと一緒でさ、理由なんてよくわかんないよ。ただ、「サイコー！」って感じただけでさ。
2週間くらい、サヤカとふたりで、沖縄中をバイクでまわってたんだけど、もう、その旅の途中で、いきなり、不動産屋に行って、家を決めてたもん (笑)。
ホント、沖縄パワー恐るべし、だよ (笑)。

*CULTURE CATALOGUE:
Ayumu Takahashi Selection.

*BOOK #01

*BOOK #02

*BOOK #03

灰谷健次郎さんの本

灰谷健次郎さんは、いっぱいいっぱい素敵な本を書いているけど、特に大好きなのは、「太陽の子」を含めて、やっぱり、この３冊かな。俺の本を古本屋に売ってでも、ぜひ読んでみてほしい本です！ (笑)

*BOOK #01 **「太陽の子」**灰谷健次郎／角川書店
*Comment: 沖縄料理屋を舞台に広がっていくハートフルでせつない話。
今まで、この本を読んで何度泣いたことか。とにかく、いいよ。

*BOOK #02 **「天の瞳」**灰谷健次郎／角川書店
*Comment: わんぱく少年「倫太郎」と仲間たちの成長記。とにかく、登場人物が、みんな素敵すぎる。

*BOOK #03 **「兎の眼」**灰谷健次郎／角川書店
*Comment: 新任教師小谷先生の奮闘記。強さと優しさについて、じっくりと考えさせられる。

まぁ、沖縄に引っ越してきたのはいいけど、そりゃ、まぁ、旦那、早く仕事しなきゃね（笑）。働かないと、喰っていけないしなぁ。

ずっと、「次は、何をしよう？」って考えてはいたんだけど、ひとつ、旅中から、「次は、これかな！」って、思ってたことがあってさ。
それは、どこかの島で、気の合う仲間たちと、大きな自然に包まれた最高のパラダイスを創ってみたい....ってことだ。
旅中に、フィリピンで、ココロコアイランドという島を見たときに、ピン！ときてさ。
なんか、大人の文化祭？って感じで、気の合う連中でワイワイ言いながら、何から何まで、しっかりと自給自足してる島でね。俺もそんな空気の中に混じって、いろいろ一緒にやっているうちに、「楽しい！気持ちいい！俺も、仲間たちと、島やりたい！」って、スパークしちゃって....（笑）。
まぁ、俺は日本人だし、どうせやるなら、日本の島がいい。しかも、海がきれいなところじゃなきゃ嫌だし....って思ってるところへ、沖縄との出逢いよ。もう、ビンゴ！でさ（笑）。
そんなこんなで、「沖縄の離島にパラダイスを創る大作戦・島プロジェクト！」ってシャウトして、いつのまにか、新しいプロジェクトがスタートしちゃったってわけだ。

「沖縄の離島にパラダイスを！」って言っても、具体的に、何から始めていいのかわからなくて....。
でも、まぁ、考えててもしょうがないから、「まずは、アジトでも創るか！」ってことで、沖縄本島の読谷っていう場所に、全国から面白い奴らが集まって、飲んだり、泊ったり、イベントしたりできるような店＝アジトを始めることにしたんだ。
そのアジトを拠点にして、島プロジェクトを進めていこう！ って想ってね。

最初、「いい物件ないかな〜」って、沖縄をふらつきながら、海岸沿いの倉庫街を歩きまわったり、不動産屋をまわったりしてたんだけど、なかなか気に入った物件がなくてさ。
でも、やっぱり沖縄の神様は優しかった（笑）。
ある日、偶然、立ち寄ったプライベートビーチつきの別荘！ それが、完璧な物件だった。一瞬で、「見つけた！ ここだ！」って、自分の中で決定したんだ。

んで、仲良くなった不動産屋さんに協力してもらいながら、なんとか、その別荘の持ち主を調べて、電話して、「ここでやらしてください！」って、頼んでみたんだけど、「今、使ってるし、他人に貸す気はないんだよね。他をあたってくれ」って、さらっと断られちゃって....。
でも、せっかく出逢った最高の場所だし、簡単にあきらめられないじゃん。
俺、あきらめの悪さだけは、自信あるからね〜（笑）。
とにかく、断られても、断られても、しつこく電話して、「ぜひ、貸してください！ 最高の場所にします！ お願いします！」攻撃を繰り返してたら、とうとう、8回目くらいに大家さんも折れて、「もう、オマエの熱意に負けたよ」って言ってくれて.... 遂にゲット！
まぁ、たまたま、大家さんが正月で酔っ払って上機嫌だったところに電話が入ったらしいという噂も.... ラッキー！（笑）

そこからは、またしても、お金集めDAYSだよ。もう、人生で何回目だ？ (笑)
今回は、「オマエ、彼女と世界一周してきて、金貸してはねぇだろー」という、もっとも（！）な意見にもめげながら、なんとか集まって、物件もゲットできてさ。

それから、俺のホームページを見て、全国からボランティアで手伝いに来てくれた仲間たちと共に、内装から外装まで、すべて手造りで創って、2001年3月31日に「cafe-bar & 海辺の宿 BEACH ROCK HOUSE」っていうアジトをオープンしたんだ。

開業準備中から、近所の沖縄居酒屋にハマっちゃって、あまりに島酒（泡盛）を飲みすぎちゃって、「あゆむサン、泡盛飲まなかったら、少なくとも、2週間は早くオープンできましたね〜」なんて言われちゃう始末だったんだけど....
まぁ、しょうがない (笑)。

オープンから、今年で２周年になるけど、「進化し続けるビーチロック！」を合言葉に、この空間も、島プロジェクトのアジトとして、どんどんパワーアップし続けてるよ。

*information:

cafe-bar & 海辺の宿
BEACH ROCK HOUSE 〜海と音楽の楽園〜
沖縄県中頭郡読谷村都屋20番地 / TEL 098-956-5301
HP http://www.beach69.com/

沖縄に住んで、まだ2年半だけど、沖縄という島から、俺なりに、ずいぶんといろんなことを教わった気がするよ。

特に、島の人の使う言葉が素敵なんだ。
沖縄の人の強さや優しさが、象徴されている感じがする。
柔らかいけど、芯がとおってるんだ。

まぁ、せっかくだから、俺なりのフィーリングで、いいなぁと感じた、沖縄の言葉やスタイルをいくつか紹介しようかな。

沖 縄 が 教 え て く れ た こ と

Adventure Life / Island Project
Word #01 / in Okinawa

「ゆいまーる」

結ぶ。結いま〜る。すなわち、助け合いのココロ。サトウキビの収穫にしても、漁港での海の仕事にしても、「手伝うから、バイト代ね」っていうノリじゃなく、「人手が足りないなら、手伝うのは当たり前さ〜」のノリで、気軽に、楽しく、みんなでやっちゃう。そんな空気が好きだな。

沖 縄 が 教 え て く れ た こ と

Adventure Life / Island Project
Word #02 / in Okinawa

「ちゃんぷるー」

ぐちゃまぜ、mix、jamといったフィーリング。日常的には、ごちゃまぜの炒め物を指す言葉。若者の飲み会に、ふっと気づくと、赤ちゃんやおばあが交じっているのも普通だし、ロックバンドのライブに、突然、サンシン弾きが交じってくるのもよくあることだし....。なんでも、「まぁ、細かいこと言わずに、みんなぐちゃまぜで楽しもうよ〜」っていうアバウトで、ゆる〜いノリが、とっても気持ちいいね。

沖　縄　が　教　え　て　く　れ　た　こ　と

Adventure Life / Island Project
Word #03 / in Okinawa

「なんくるないさ〜」

まぁ、なんとかなるさ〜、の意味だね。英語的には、「Don't worry , be happy」っていう感じかな？ インディアンの教えにもあるけど、人間には、「自分がコントロールできることと、できないこと」があるよね。その、コントロールできないことを、くよくよ考えてもしょうがねぇじゃん！ まぁ、飲んで元気だそう！ 今日も、海がきれいだしなぁ〜、っていうフィーリングだね。戦争をはじめとして、大変な時代をたくさん乗り越えてきた人たちだからこそ、余計に深いものを感じるよね。

沖　縄　が　教　え　て　く　れ　た　こ　と

Adventure Life / Island Project
Word #04 / in Okinawa

「うーまく」

わんぱくに、あきらめずになんだかんだでやっちゃう、ってな意味の言葉。うーまく坊主＝わんぱく坊主。トムソーヤみたいな感じかな？ 俺も、ずっと、「う〜まくな人」でありたいもんだ。つまらない常識なんて笑い飛ばして、いつまでも、元気に新しい冒険を！

沖　縄　が　教　え　て　く　れ　た　こ　と

Adventure Life / Island Project
Word #05 / in Okinawa

「いちゃりばちょ〜でぇ〜」

出逢えばみな兄弟、っていう意味の言葉。この島には、ほんと、フラットな人が多い。お金や、肩書きなどで人を判断することなく、「ひとりの人間」として見てくれている感じがする。大切なのは、「今、ここにいる自分なのだ」っていう空気が、この島には流れてる。だから、人と人が出逢いやすいんだろうね。

沖 縄 が 教 え て く れ た こ と

Adventure Life / Island Project
Word #06 / in Okinawa

「ちむぐりさ」

他人の不幸などを聞いた場合、普通、「残念だったね。大変だったね」という当事者の気持ちを思いやった言葉をかけるけど、沖縄の場合、「ちむぐりさ」(俺も、肝が痛いよ)っていう感覚で、表現する人が多い。そういう対人感覚って、素敵だなと想った。

沖　縄　が　教　え　て　く　れ　た　こ　と

Adventure Life / Island Project
Word #07 / in Okinawa

「ニライカナイ」

海の向こうにある天国、を指す言葉。竜宮と訳すこともある。沖縄の古い信仰で、神様は海の向こうにいるっていう感覚があるので、お墓も海の方向に向けて作られているものが多い。そう。誰もが、自分なりのニライカナイを心に描いて生きていこうよね。

沖縄に住み、アジトの店をやりながら、ずっと、沖縄中のあらゆる離島を旅して、島調査を続けてきたんだけど、いよいよ、探していた理想の島が見つかったんだ！

俺たちが、この島で島プロジェクトをやりたい！ って思っている島は、沖縄の宮古島の北端から橋で繋がっている「池間島」（いけまじま）という島だ。
おじいとおばあが100人くらい暮らしている小さな島。
いろいろな島を調査してきた中で、最有力候補だったケラマ諸島の無人島をやめてまで、「どうしても、この島でやりたい！」という強い感覚に導かれるように選んだ島なんだ。

最初は、「無人島を俺たちの島に！」っていうノリで、無人島を探していたんだけど、この池間島っていう島と出逢ってからは、「やっぱり、誰もいない無人島でやるより、島で暮らす、おじいやおばあたちと一緒になって、ひとつの島をパラダイスにしていくほうが、深いし、楽しい！」という気持ちが溢れてきて、ズバリ決断したわけだ。

今、話も順調に進んでいて、島の人に愛されながら、島の人と溶け合いながら、このプロジェクトを進めることができそうな空気が創られてきていて、とってもいい感じだよ。

池間島という島は、ただ、大きな海と空に包まれているだけの、とっても素朴な島だけど、外周道路から、舗装されていない野道を入っていくと、素敵なビーチもいっぱいあるし、野鳥の溢れる湿原もあるし、何百年と同じスタイルでサトウキビを育てているおばあたちや、カツオ漁に励む海人たちが淡々と暮らしているし…. って感じで、俺は、意味不明に惚れちゃったんだ。
あえて言葉にするなら、俺が求めていた「沖縄の真ん中」みたいな空気が、この島にあるのかもしれない。

まぁ、言うまでもなく、池間島の海は本当にすごいよ。
信じられないような色をしてる。
世界中で綺麗な海はたくさん見てきたけど、間違いなく、トップクラスだ。
それに、日本最大のさんご礁群「ヤビジ」のエリア内にある島だから、気軽なシュノーケリングで充分に竜宮体験できるし、ダイビングをすれば天国を味わえちゃう。
船で釣りに行けば、50センチ超クラスの大きな鯛をゲットして、船上での極上刺身！ なんていうのも気軽にできちゃう島だしさ。特に、満天の星空の下での夜釣りは、たまらなく気持ちいいよ。

まぁ、今年（2003年）の夏からは、この島で、島の人と共に、多くのアーティストや職人さんを招きながら、食糧や酒やエネルギーから家具や陶器やアクセサリー等まで、完全自給自足のビーチビレッジを創ったり、「アイランド遊学」という名の自然学校を開校したり、珊瑚の保護・養殖活動に取り組んだり、島ＴＶや島マガジンを発信したり、俺たちがアイランドライフ用に開発した生活雑貨・遊び道具・

アクセサリー等をブランドとして展開したり....
ってなことを、気の合う仲間たちと燃えながら、ここ2、3年で完璧にカタチにしちゃおうと想っているんだ。今、燃えてるぜ。

まぁ、ちょっとマジな角度でいえば、日本も島国なわけで、ある意味では、「経済的にもエネルギー的にも、アメリカに依存せずに、楽しく暮らしていける自立した日本」の小さな小さなサンプルを、この島でゼロから創ってみようぜ、ってな意味あいもあるんだけどね。

先の戦争しかりだけど、やっぱ、シンプルに、「日本は、マジに自立しないとヤバイな」って思うし。この時代、この国に生まれた人として、自分たちの楽しんでいるプロジェクトが、社会に素敵な影響を与えてくれたら嬉しいもんね。

まぁ、そんな感じで、俺も沖縄の空の下、日々、頑張ってるよ。
島酒、そして、島唄に溶けながらね。

琉球 島唄 selection

*Ayumu's Comment:

沖縄には、素晴らしい音楽がいっぱいある。大きな海、大きな空、うまい酒。そして、素敵な島唄。その中から、俺の感覚で、沖縄という島の空気を感じられる島唄を選んでみた。でも、やっぱり、島に来て、オリオンビールを片手に、ナマで聞くのが一番だよね！

*CD:

「島人ぬ宝」 BEGIN
テイチクエンタテインメント

*CD:

「花〜すべての人の心に花を」 喜納昌吉＆チャンプルーズ
「ザ・ニューベスト・オブ・喜納昌吉＆チャンプルーズ」に収録・Merecury M.E.

*CD:

「涙そうそう」 夏川りみ
ビクターエンタテインメント

*CD:

「島唄 Shima Uta」 THE BOOM
Sony Records

*CD:

「琉球愛歌」 モンゴル800
アルバム「MESSAGE」に収録・TISSUE FREAK RECORDS

*CD:

「一本道」 ジョニー宜野湾
アルバム「うりひゃあでぇじなとん」に収録・GINO1レコード

*CD:

「ナヴィの恋（サウンドトラック）」
BMGファンハウス

*SONG: **「安里屋ユンタ」** 沖縄民謡
*SONG: **「ティンサグの花」** 沖縄民謡

この本が発売されるのは.... 2003年6月頃だね。
島プロジェクトは、まだまだ始まったばかりの現在進行形のプロジェクト。
日々、進行中なので、興味ある人は、ぜひ、一緒に楽しもうね！

■編集部より（2005.8）
池間島でのプロジェクトは、様々な事情により中止することになり、現在は新たな場所で進行中です。島プロジェクトの最新情報は、下記のオフィシャルサイトにて随時更新していきますので、ご確認ください。

*HOME PAGE:
more about...
ISLAND PROJECT
「島プロジェクト・オフィシャルサイト」
http://www.shimapro.com/

NOW

MY LIFE

- always & forever -

「30歳。今、想うこと」

さぁ、俺も、いよいよ30歳になっちゃった。
今まで書いてきたように、いや、書けなかったことも含めて、ホント、いろいろいろいろあったけど、この10年間、自分なりに、完全納得の20代だった。

俺の人生を春夏秋冬に例えるならば、30歳になって、いよいよ、夏、到来！
まぁ、40歳になる時にも、「完全納得の30代だった」って言えるように、おもいっきり突っ走っていかなきゃなって想ってるよ。

でも、ホント、神様はゆっくりさせてくれないよ（笑）。
30歳になったばかりの秋は、本当に本当に、大変な秋だったんだ。
俺の人生で、一番嬉しかったことと、一番辛かったことが、同時にやってきてさ。
「命」に関わるネタが、ふたつ重なってね。

2002年10月１日の深夜に、俺は人生最大のバイク事故を起こした。
出血多量と肺の破裂で、あと数十分、救出が遅れたら死亡.... っていうレベルのかなり危険な状態にまで追い込まれてたんだ。
今回の事故は、珍しく（!?）、自らの酔いすぎ転倒でも、攻めすぎ転倒でもなく、信号を無視して突進してきたバカ車との衝突で、完全なもらい事故だったんだ。
結局、アゴからアバラから両手まで、全身のあらゆる箇所を骨折しまくって、肺や内臓の一部も破裂しちゃって、集中治療室で、１週間、三途の川を旅してた。

そして、俺の事故の3日後、10月4日。
妻のサヤカは、長男の「海（うみ）」を出産した。

死にそうになっている俺を案じながら、妊娠10ヶ月の身体で、警察や病院との様々な事故処理などをこなし、精神的にも肉体的にもボロボロになりながらの出産。
もう、言葉では言いようがないが、とにかく、ひとりで大変だったと想う。
ずっと欲しかった念願の子供だったし、この日のために、ふたりでさまざまな用意を進めてきていただけに、出産の場に立ち会えなかったことも、サヤカにさまざまな重い負担をかけてしまったことも、正直、悔しくてしょうがないよ。
「病室で倒れているあゆむを見たとき、本当にショックだった。その瞬間から、本気で、あゆむと産まれてくる子供のためにも、私が強くならなきゃ、ってずっと自分に言い聞かせてたんだ。いつか、普段どおりの幸せな日が必ず帰って来るから、それまでの辛抱だ、って思いながらね。まぁ、思ったより早く帰って来たよね〜」なんて、キッチンで笑いながら言っている彼女を見て、俺は、今、心から尊敬の気持ちでいっぱいだ。

まぁ、あれから、自分でも不思議なくらいのスピードで回復し、俺は無事に退院することができた。病院では、あまりの回復スピードの速さに、「スーパーサイヤ人」呼ばわりされてたよ（笑）。「オマエ、なんか変なもの、勝手に注射したり飲んだりしてないよな？」なんて、病院の先生にマジで質問される始末で、笑っちゃったけどね。

事故から8ヶ月が経った今は、サヤカも出産後の疲労から完全に立ち直ったし、赤ちゃんの「海」も、元気にすくすくと育っているし、ようやく、3人で明るくほのぼのと暮らせるようになってきたところだ。ほんと、嬉しい限りだね。

まぁ、今だから振り返れるけど、正直、病院で過ごした1ヶ月間は、かなりディープな入院闘病ライフだったよ。事故後の1週間は三途の川を旅していて意識不明だったんだけど、その後、意識が戻ってきてからは、頭と身体の痛みが想像の何百倍もすごくて、本当に、生きていること自体が辛くって、自分の心が折れてしまいそうになる瞬間の連続だった。
とにかく、狭い病室のベッドに寝転び、点滴の管を全身につけられ、身体中の痛みから逃れたい一心で、「今、殺してくれ！」って何度、叫びそうになったことか。
どうしても眠れない夜、病院の汚い天井を見つめながら、「このまま発狂するんじゃねぇのか、俺？」と、何度マジで不安になったことか。
そして、サヤカのそばに一番いてあげなきゃいけない時に、いてあげられない自分への情けなさみたいなものも、常に、重く心にのしかかっていた。
病院から呼び出された友人から聞いたことで、俺は記憶すらないことだけど、「サヤカと海のところに行くんだ！ 俺は！」と叫びつつ、大暴れして、身体から点滴の管などを抜いちゃったこともあったらしく、鎮静剤を打たれて強引に眠らされるまで暴れ続けてたらしい。
とにかく、一番ヤバイ時期は、「今、ここにいる自分から逃れたい」という欲求が抑えられなくて、重病の人限定で処方される強烈な睡眠薬の中毒患者状態だったしね。ある意味、合法的な覚醒剤中毒だよ、マジで。

今までの人生で、出逢ったこともないし、ありえないと想っていた「弱い自分自身」「負け続けていく自分自身」「落ち続けていく自分自身」を目の当たりにして、とっても動揺したし、体験したことのないフィーリングをたくさん感じた。
ホント、今だからまだギャグにできるようになってきたけど、「生きる」ってことに対して、身体ごと何かを感じさせられ続けた時間だった。
いやぁ、ハードな１ヶ月だったぜ。

いつも一緒の仲間たちや、故郷の家族はもとより、看護婦さんも、病院の先生も....。
多くの人が、矛盾のない表情で、心から優しくしてくれた。
ホント、優しさをくれた人々、すべてに土下座したいよ。
こういう気持ちになったのは、本当に、初めてかもしれない。
マジで、ありがとう。

人間って、すごいね。
「いろんな人に助けられて、俺っていう人間は生きてるんだ」って、心から実感したよ。感動して、ずいぶん、ひとり病室で涙したぜ。

すべての病院関係者に言われた「生きていること自体が、気持ち悪いくらいの幸運」っていう言葉にあるように、やっぱり、まだ何か俺の役割があるんだろうなって、素朴に想った。「高橋歩」という人間と、もう一度出逢い、新たな自信と、謙虚な気持ちをもらえた時間だった。また、ここから、あらためて、「ひとりの男」として、きちんと生きようって、今、強く、シンプルに想ってる。

まぁ、そういうわけで、人生いろいろあるけど、やっと、また歩き始めたよ。

もちろん、事故も大変だったけど、やっぱり、30歳になって、最大の変化は、子供が産まれたことだと想う。
男の子で、名前は、「海」(うみ)。
それはもう、想像の何倍も、何十倍も、圧倒的な感動があったよ。
俺の人生観が、完全に変わった。

俺たちの子供である「海」が生まれてきたことで、妻であるサヤカという人間との関係性も新しくなってきているし、俺のイメージする「かっこいい男」という概念も変わってきているし、俺という人間を育てた、おやじ・おふくろという人間に対して、新しいリスペクトがわいてくるし....。
なんか、自分自身が今後、人間として成長していくゾーンを、すっごく広げられたような感じがするな。見える風景が広くなった、そんな感じかなぁ。

でもさ、自分が子供を育てる立場になってみると、自分自身も30年前＝ゼロ歳だった頃、両親にこんなことまでしてもらってたのかぁ.... という現実が襲いかかってきて、さすがに、頭が上がらなくなるね。
ヤンキーの頃、いきがって、「親なんてカンケーねぇよ。俺は、いつも、ひとりで生きてきたんだ！」なんて言ってた自分を思い出すと、我ながら恥ずかしくなるよ（笑）。

まぁ、俺も30歳になって、父親になり、家族を持ったわけだ。
正直、「俺が父親？」って感じで、なんだか、まだ実感がないんだけどね。
たまに、サヤカと海と３人で、近所のデパートに出かけた時なんかに、ガラスに映る自分たちの姿を見て、「おっ！ ファミリー！」って想ったりして、我ながら驚いたりしてるし（笑）。

でも、やっぱり、家族ってすごいね。
息子の海や、妻のサヤカを見てると、自然に、「こいつらのためだったら、なんでもやってやるぜ」っていう根源的なエネルギーが身体中に溢れてくる。
そういう無意識に湧いてくるシンプルなパワーが、今の俺を動かしている気がする。

自分で言うのも、なんだか少し照れくさいけど....
やっぱり、俺は、海を、そしてサヤカを、心から愛してるんだと想う。

今までもそうだったけど、これからも、ずっと、好きな場所で、好きな人と、好きなことにチャレンジしながら、自分を最速で成長させていきたいな、って想うね。
俺は、自分の頭のよさや要領のよさ、生まれ持っての才能みたいなものには、まったくもって自信ないけど、「好きなこと、やりたいことだったら、絶対に、最後まで頑張りぬくぞ」っていう自信というか、覚悟だけはあるからさ。

俺だって、苦しいことやうまくいかないことだらけで、明日が見えなくなる夜なんて無限にあるけど、そんな時、世の中や、他人や、いろいろな事情のせいにして、途中で辞めたり、逃げ出しちゃったら、やっぱ、寂しいじゃん。
辞めた後、すべてをまわりのせいにして、自分を肯定してればさ、一瞬、楽にはなるだろうけど、やっぱり、自分のココロの奥に、なんともいえない寂しさが残ると想うんだよね。
そんな風になるよりはさ、鼻くそみたいなプライドはさっさと捨てて、どんなに辛くたって、きつくったって、「うりゃー！」って叫びながら、必死になんとか乗り切って、最後に、仲間たちと感動の乾杯をしながら、ガッツポーズして、おもいっきり泣きたいよなって想うし。

俺は、死ぬまでずっと、「やりたい！」って想えることに全力でチャレンジしながら、周りにいる人からたくさんのことを学びながら、限界いっぱいいっぱいまで、自分という人間を大きく育てていきたい。

まぁ、難しい話は置いといてさ。

単純に、たった一度の人生だし。
お互いに、それぞれの道で、おもいっきり自分の好きなことにチャレンジしながら、泣いたり、笑ったりしながら、年を重ねていこうよ。
そりゃ、うまくいく時も、いかない時もあるけど、結局、精一杯やるしかないしさ。

喜びも悲しみも、たっぷりと味わい尽くしてさ。
素敵な笑顔をした、ファンキーなじいちゃんばあちゃんになりたいもんだね（笑）。

自分のココロの声に正直に。

one love.

✻ A's INSPIRATION NOTE
Selected by Ayumu Takahashi

今まで紹介した作品以外にも、俺の人生に素敵なインスピレーションを与えてくれた人物・作品が、いっぱいあるので、紹介しておくね。もちろん、すべての作品がオススメだよ。

PEOPLE #01 リチャード・バック

*Comment: 飛行機をこよなく愛する小説家。彼の3部作を読むと、ふわ〜っと心が開かれるのを感じるのでは? 俺は、「ONE」が一番好きかな。

*BOOK:
「かもめのジョナサン」リチャード・バック／新潮社
*Comment: 一匹のカモメの物語。キーワードは「究める」。

*BOOK:
「イリュージョン」リチャード・バック／集英社
*Comment: ひとりの救世主の物語。キーワードは「ソウゾウ（想像・創造）する」。

*BOOK:
「ONE」リチャード・バック／集英社
*Comment: 一組の夫婦の物語。キーワードは「共に生きる」。

PEOPLE #02 チェ・ゲバラ

*Comment: キューバ革命で活躍した革命家。「苦しんでいる人たちのために、自分がやれることを精一杯に」という彼の思想はもちろん、革命が成功して英雄になっても、すぐに、すべての肩書きや財産をリセットし、また、ひとりのゲリラ戦士として次の革命へ向かっていくという姿勢に感動を覚える。彼に関する本はいろいろあるが、まずは、死の直前まで書いていたという彼自身の日記を。一回ではわかりにくいかもしれないが、何度も読んで、現場の空気が想像できる様になってくると、心に染みてくるはず。

*BOOK:
「ゲバラ日記」
チェ・ゲバラ／角川書店

PEOPLE #03 ジョン・キャメロン・ミッチェル

*Comment: 「ロック・ミュージカル」という表現のすごさを教えてくれた人。映画化され、彼が監督・主演をつとめた作品「ヘドウィグ・アンド・ザ・アングリーインチ」には、久しぶりに魂を揺さぶられた。映画を見ながら客席でガッツポーズをしたのは、初めてだったよ。

*DVD & SOUND TRACK CD:
「ヘドウィグ・アンド・ザ・アングリーインチ」
DVD: エスピーオー
CD: カッティング・エッジ

PEOPLE #04 ジョン・レノン

*Comment: 表現者として以上に、人間として、本当に大きなリスペクトを捧げたい人物。高橋歩という人間が創られてきた過程で、彼の与えてくれた影響は計り知れない。そして、きっと、これからも。

CD

BOOK

MUSEUM

*CD:「レノン・レジェンド-ザ・ヴェリー・ベスト・オブ・ジョン・レノン」
ジョン・レノン／東芝EMI
*Comment: ソロ活動時の楽曲を収録したベスト版。とりあえず、必携。

*BOOK:「リアル・ラブ　ショーンのために描いた絵」
ジョン・レノン／徳間書店
*Comment: ジョンが息子のショーンと共に過ごしながら描いた絵本。オノ・ヨーコさんの序文も素敵です。

*MUSEUM:「ジョン・レノン・ミュージアム」
埼玉県さいたま市中央区新都心8番地　さいたまスーパーアリーナ内／TEL 048-601-0009
*Comment: 妻であるオノ・ヨーコさんが本格的に企画に関わっているので、等身大の人間、ジョン・レノンが感じられる最高の空間になっている。しびれます。ぜひ、一度。

PEOPLE #05 ボブ・ディラン

*Comment: いわゆる、60年代。フォークギター1本で、時代に風を吹かせたミュージシャン。高校時代、彼のスタイルや歌詞には、大きな影響を受けた。

*CD:
「ザ・ベスト・オブ・ボブ・ディラン」
ボブ・ディラン／SMJ

*CD:
「The Freewheelin' Bob Dylan」
Bob Dylan／Columbia

PEOPLE #06 ウディー・ガスリー

*Comment: 生まれてから死ぬまでずっと、ギターとハーモニカを片手に、アメリカ中を旅し続けた放浪ミュージシャン。王様から乞食まで、旅で出逢ったさまざまな人の人生を素敵な歌にしながら、気の向くままに旅を続けた。「アメリカ中の橋の下の寝心地は、すべて極めたぜ」を口癖に放浪を続け、死の直前にグラミー賞を受賞した。

*CD:
「リジェンダリー・パフォーマー」
ウディ・ガスリー／BMGファンハウス

*CD:
「THE GREATEST SONGS OF WOODY GUTHRIE」
Woody Guthrie ／ VANGUARD

*CD:
「This Land Is Your Land: The Asch Recordings, Vol. 1 」
Woody Guthrie ／ Smithsonian / Folkways

PEOPLE #07 ボブ・マーリー

*Comment: 彼という人間から漂っている空気。それだけで、いつも、大きな何かをもらってます。

*CD:
「ONE LOVE : THE VERY BEST OF BOB MARLEY & THE WAILERS 」
BOB MARLEY & THE WAILERS／A UNIVERSAL MUSIC COMPANY

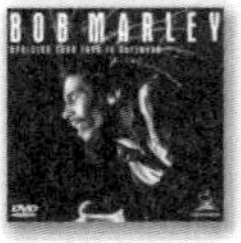

*DVD:
「伝説のパフォーマンス～アップライジング・ツアー 1980 イン ドルトムント～」
ポニーキャニオン

PEOPLE #08 森永 博志

*Comment: 俺は、彼の作品やスタイルから、「出版」という仕事の楽しさや、かっこよさを学んだ気がする。悔しいくらい、リスペクトを捧げます。

*BOOK #01「ドロップアウトのえらいひと」森永博志／東京書籍
*Comment:
かっこよく生きている男たちが満載のルポ集。
最高にかっこいいライフスタイルカタログ。

*BOOK #02「続・シャングリラの予言」立川直樹・森永博志／東京書籍
*Comment:
立川直樹さんとの雑談集。「世の中には、楽しいことがいっぱいだ！」と感じさせてくれる好奇心爆発の本。

*BOOK #03「地球の星屑―COSMIC JOURNEY TO ISLANDS」
森永博志／ぶんか社
*Comment:
森永風アイランドトリップのエッセイ集。シブイ！

*BOOK #04「エスクァイア臨時増刊号5 / パタゴニア・プレゼンツ」
エスクァイア・ジャパン
*Comment: 大好きなアウトドアブランド「パタゴニア」のカタログを、大好きな森永さんが編集して創った！ 企業のカタログとしては、世界一の仕上がりだと想う。

PEOPLE #09 星野 道夫

*Comment: アラスカを愛し続けた人、星野道夫。アラスカに暮らし、アラスカの写真を撮り、アラスカの人々について書いた。彼の文章と写真を見ていると、たまらなく、「生きる」ということの素晴らしさを感じてしまう。とにかく、大好きです。

*BOOK #01

*BOOK #02

*BOOK #03

*BOOK #01「イニュニック<生命> ～アラスカの原野を旅する」星野道夫／新潮社

*BOOK #02「旅をする木」星野道夫／文藝春秋

*BOOK #03「旅をした人 ～星野道夫の生と死～」池澤夏樹／スイッチパブリッシング

PEOPLE #10 宮崎 駿

*Comment: 作品の素晴らしさは言うまでもないけど、この人の物創りに対する姿勢は、本当に尊敬している。見習いまくりです。

*DVD: 「『もののけ姫』はこうして生まれた。」
ブエナ・ビスタ・ホーム・エンターテインメント
*Comment: 映画「もののけ姫」の製作ドキュメント。スタジオジブリに関わる人々のマジな空気がビンビン伝わってきて、自分も、じっとしていられなくなります。

PEOPLE #11 司馬 遼太郎

*Comment: 俺は、日本史の教科書ではなく、彼の本で紹介されている人物たちをとおして、自分の生まれた日本という国の過去を学んでいった気がする。彼の作品はいろいろあれど、とりあえず、特に好きな5冊を。

*BOOK #01

*BOOK #02

*BOOK #03

*BOOK #04

*BOOK #05

*BOOK #01「国盗り物語」司馬遼太郎／新潮社
*Comment: 戦国時代。斎藤道三と織田信長の物語。

*BOOK #02「世に棲む日日」司馬遼太郎／文藝春秋
*Comment: 幕末。吉田松陰と高杉晋作の物語。

*BOOK #03「竜馬がゆく」司馬遼太郎／文藝春秋
*Comment: 幕末。坂本竜馬の物語。

*BOOK #04「翔ぶが如く」司馬遼太郎／文藝春秋
*Comment: 明治初期。西郷隆盛の物語。

*BOOK #05「坂の上の雲」司馬遼太郎／文藝春秋
*Comment: 明治の日本人の物語。

Ayumu Takahashi ‘s

WORDS

言葉。想い。

*WORDS #01

「まぁ、とりあえず、飲もうか♪」

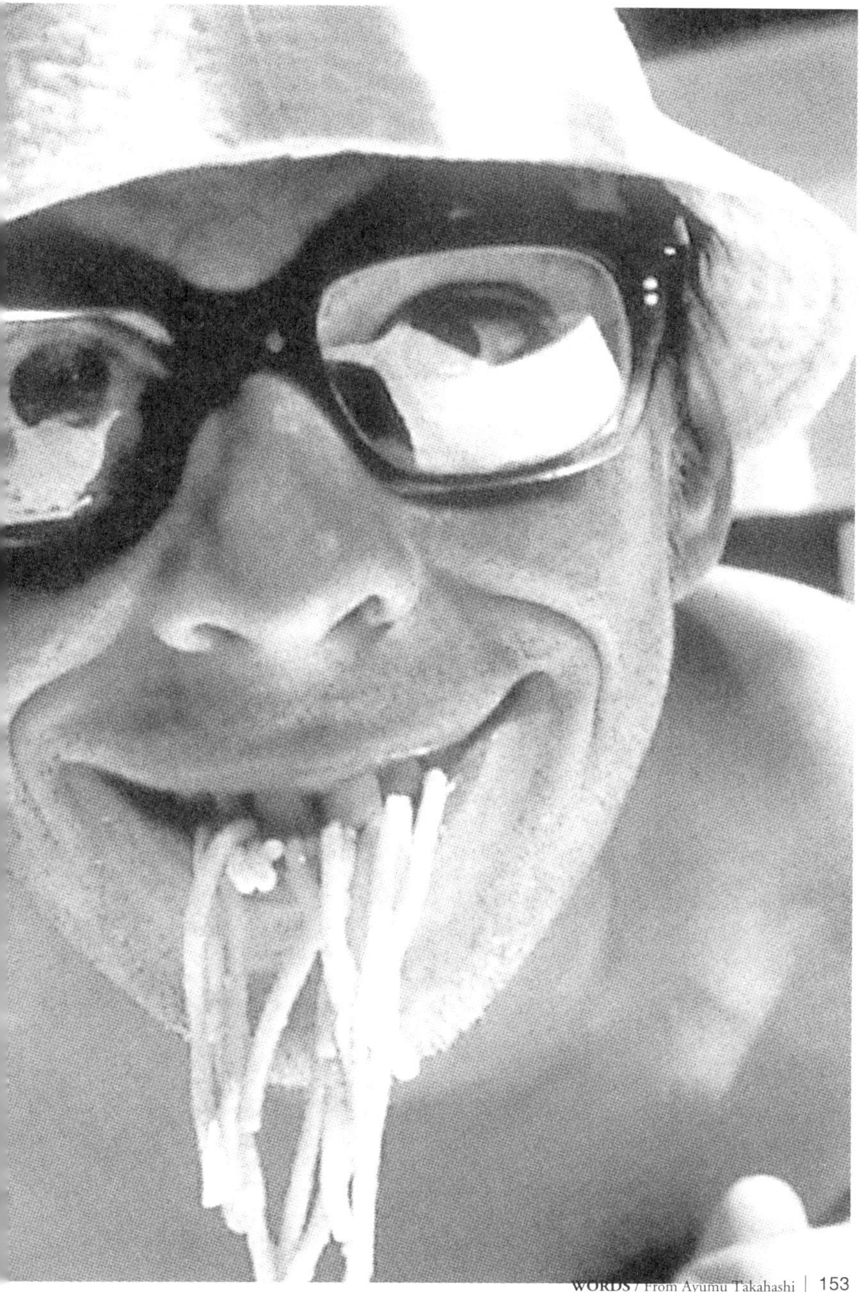

*WORDS #02

「トムソーヤみたいな世界、とってもワクワクしない？俺の一番憧れる人物は、トムソーヤだ！　(笑)。友達と話しているうちに楽しいことを思いついて、ワクワクしながら計画立てて、よしっ！　やっちゃえ！　みたいなノリで始めちゃう。『この川、渡っちゃおうぜー！』『木の上に家、創っちゃおうぜー！』みたいな感じで（笑)。お店も、出版社も、世界一周も、島も、俺の場合は、みんなそのパターン。行動するのに理由なんてないし、特に深い意味もないもんな」

*WORDS #03

「嬉しい！ 楽しい！ 大好き！ ってな気持ちや、鳥肌が立ったり、感動で全身が震えたりっていうのはさ、ぜんぶ、アタマじゃなくて、ハートから無意識に溢れてきちゃうものじゃん。それって、自分に内蔵された最高のセンサーだと想う。俺は、そのセンサーを何よりも信頼してるから、周りからいろいろ言われたとしても、迷うことなく、そのセンサーに素直に従って、自分の生きていく道を決めてるよ、ずっとね」

*WORDS #04

「俺、そういえば、人生設計ってないなぁ（笑）。いつも、その時、その時に一番やりたいことに完全燃焼してるだけかな。ひとつのプロジェクトをやり遂げたら、また、プータローに戻って、気の向くままに、いろんな場所へ行って、いろんなことしたり、いろんな人に逢ったりしているうちに、次の『これ、おもしれぇ！』ってことが出てきて、またそれに完全燃焼して.... っていうことの繰り返しだね。俺にとっては、『すげぇ！』『おもしれぇ！』『サイコー！』っていうような原始的でシンプルな感覚が、人生を決める最高の基準みたい」

*WORDS #05

「俺の場合、ひとつの道を一生懸けて究めるっていうよりは、好奇心の赴くままに、楽しそう！ っていう気持ちに導かれるままに、いろいろなことに挑戦していきたいって想うんだよね。職人に憧れてるくせに、きっと、職人にはなれないタイプみたいだな」

*WORDS #06

「ゼロからイチっていうのかな？ なんか好きなんだよね、そういうのがさ。開拓フェチ？ 冒険フェチ？ うん、まぁそんな感じかなぁ（笑）。なぜだか、そういう状況の時が、一番、燃えられるんだよね。だから、『軌道に乗る』っていう感覚が、俺にとっては、『ジ・エンド』を意味するみたい。なぜだか、調子がよくなって安定してくると、急に面白みが消えていく。ある意味、マゾなのかな？ （笑）」

WAWONA

*WORDS #07

「なんか、人生って、ゲームのドラゴンクエストみたいじゃない？ 地図を見ながら、いろんなところを歩きまわって、人と話して情報を集めたり、武器を揃えたり、呪文を覚えたりしながら、経験値を上げていってさ。勇者・戦士・僧侶・魔法使い・遊び人って、自分のキャラも選べるし、一緒に組む仲間のキャラもいろいろと選べてさ。場合によっては、転職の神殿で、転職もできるわけだし。そんで、最後は、仲間たちと協力しながら、ボスキャラを倒して、お姫様を助け出し、村には平和が訪れる。そして、また次の旅へ.... みたいな（笑)。たまに、ふっと、マジで、自分がゲームの中の主人公になったような気分になる時があって....（笑)。もちろん、俺も現実社会に生きてるわけで、現実的にやんなきゃっていう気持ちはあるんだけど、どっかで人生そのものをゲームとして楽しんじゃってる自分がいるんだよねぇ。ホント、あのゲーム創った人、リスペクトしちゃうよ」

BASEBALL
PETIT
1'00
GRAND
3'00
GLACES ALFRED

*WORDS #08

「どんな職業が自分に合ってるか？ 最近は、そんなこと考えたことないなぁ。世の中にある職業から、自分の職業を選ぼうっていうよりは、いつも、『まず、やりたいことやろうぜ〜。んで、それを、どうやって金にするかは、やりながら考えるべ』って感じだね」

*WORDS #09

「なんかの仕事を始める時に、それで、すぐに喰っていけるか、金になるかどうかなんて、あまり気にしてないなぁ、俺の場合。最初は、『好きだからやってる。以上です！』ってノリだね、いつも。好きなことにおもいっきり熱中しながら、それで喰えるようになるまでは、バイトでもなんでもしながら、喰いつないでいればいいだけの話だから。『すぐに金になること』だけの範囲で仕事を選んでたら、超狭くなっちゃうじゃん」

*WORDS #10

「大人がマジで遊べば、それが仕事になる。この法則、知ってた？」

*WORDS #11

「オリジナリティーを持つとか、自分らしく生きるとかっていう言葉を勘違いしちゃ危険だよな。それは、自分の感性を大事にするっていう話であって、他人から学ばないっていうことではないよな。世の中に溢れる素晴しいものにどんどん触れて、どんどん吸収して、どんどん学んでいきたいなって想う。どうせ、世界中にたったひとりの自分の人生なんだから、自分らしいし、オリジナルに決まってんだからさ（笑）」

*WORDS #12

「ハタチの頃からさ、『オマエらは口だけの奴らだ』って、よく周りの大人に言われてたなぁ。当たり前じゃんな、最初は口で言うしかないんだから。結果や実績は後からついてくるもんじゃん。まずは、根拠のない自信で突っ走るしかねぇよな」

*WORDS #13

「まず、自己満足ありき。んで、自己満足ってものを、深〜いところまで、どんどんどんどん追求していくと、自然に、多くの人に伝わるものになっていく気がする」

*WORDS #14

「自分の好きなこと、やりたいことを精一杯やっていくことをとおして、ひとりでも多くの人のHAPPYを応援できたら嬉しいよな、って想う。そんなふうに生きられたら、サイコーだね」

*WORDS #15

「やっぱ、嫌なことをやろうとすると、ダメなんだよねぇ。急に、ソワソワしたり、とっても軟弱な人になっちゃう。胃とか、すぐに痛くなっちゃうし....（笑)。だからこそ、逆に、好きなことをちゃんと選んでやんなきゃ、って想ってる。好きなことだからこそ、いい仕事ができると想うし、いい仕事をすることで、たくさんの人の役に立てると想うしさ」

*WORDS #16

「俺ね、20歳の時、自分たちで店を始めるまでは、大きなチャレンジをしたことがなかったんだよね。自分的に、無理っぽいことに、マジでトライしたことがないっていうかさ。でも、あそこを乗り切った時、俺の中に、生まれて初めて、『自信』って呼ばれるようなものが生まれた気がするよ」

*WORDS #17

「20歳の時、店を出すための金を借金しまくって集めて、目の前に620万円っていう大金を積んだ時.... 初めて、胃がキューンってなった。そこまではノリノリで、やるだけやっちまえ！ って感じだったんだけど、現金っていうのを見たとき、(これは、ちょっとシャレにならないことになってきたぞ....) って、怖くなったのを覚えてるよ。だって、いろいろと他人に聞かされてるわけじゃん。『借金しまくって人生を棒に振った人がいるよ』とか、『借金地獄で、首つった人が.... 』とか (笑)。
でも、あの時は、今さら引き返すっていうチョイスもないし、とりあえず、ガンガン飲んで、不安や恐怖を笑い飛ばすしかなかったけどさ」

*WORDS #18

「22歳で、店が4店舗まで広がって、マスコミに取り上げられるようになって、世の中からも、友達からも、すごい英雄扱いを受けた。世間からの賞賛にも驚いたけど、それで天狗になってる自分にも驚いたよ。ふっと気づいたら、『こんな奴にだけは、なりたくない』と想っていた人間が、そこにいたからね（笑）」

*WORDS #19

「俺、バカだから、少しうまくいくと、すぐに鼻高くなって、タカビーになっちゃう癖があって、要注意なんだよ〜。少しでも、上からものを見始めると、大事なことが見えなくなるし、成長速度が遅くなるからね。まぁ、相変わらず、神様が、『もっと、成長しろ！ もっと、でかい男になれ！』って、ガンガンと新しい教材を送りつけてくるから、当分、うぬぼれている暇なんてなさそうだけどさ」

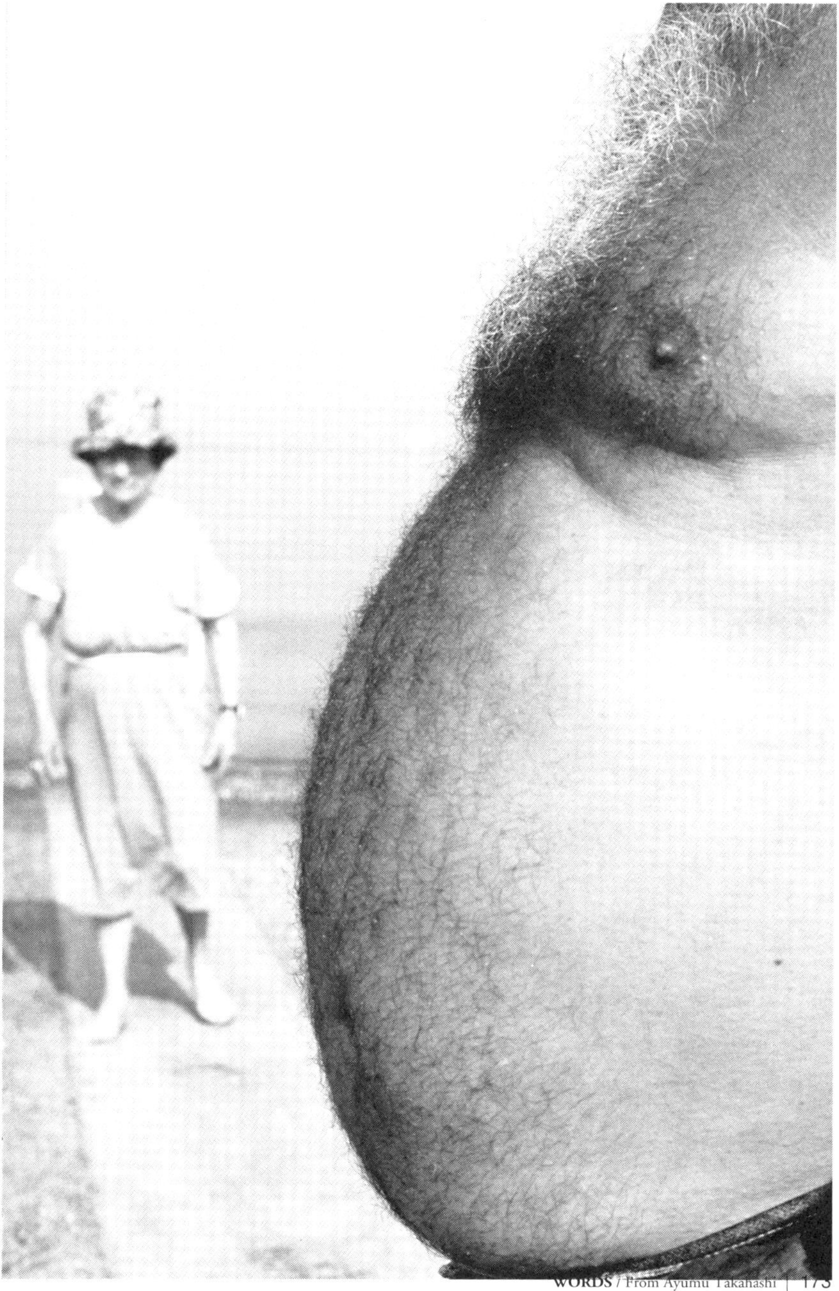

♪
サカナおやじ

*WORDS #20

「永遠に、雑魚であれ！」

やるそだやま＋るたみちまえ！

やるだけやっちまえ！

*WORDS #21

「えっ？ 自分の店出したいの？ 出しちゃえ、出しちゃえ〜！ (笑)。まぁ、やるべきことは単純でさ。まず、必要な技術&知識を身につけて、物件決めて、お金集めて、店創って、ゴー！ だよ。まぁ、難しく考えてもなんにも進まないからさ、頭はシンプルに、行動はパワフルにいこうぜ」

*WORDS #22

「なんか、目標が決まったらさ、まず、思いつくことをすべてやろう！ って、あんまり考えずに、がむしゃらに動き始めちゃうね。まずは、体力勝負 (笑)。そうやって、動きながら、現場現場で、その時に感じたことをベースに、今後の作戦を練っていけばいいことだしさ。どうせ、すべてが思いどおりいくことなんてありえないんだから、やる前に悩むよりも、やりながら悩めばいいじゃんって、想うけど。俺は、やっぱり、とりあえずやっとけ！ やるだけやっちまえ！ってノリが好きだなぁ」

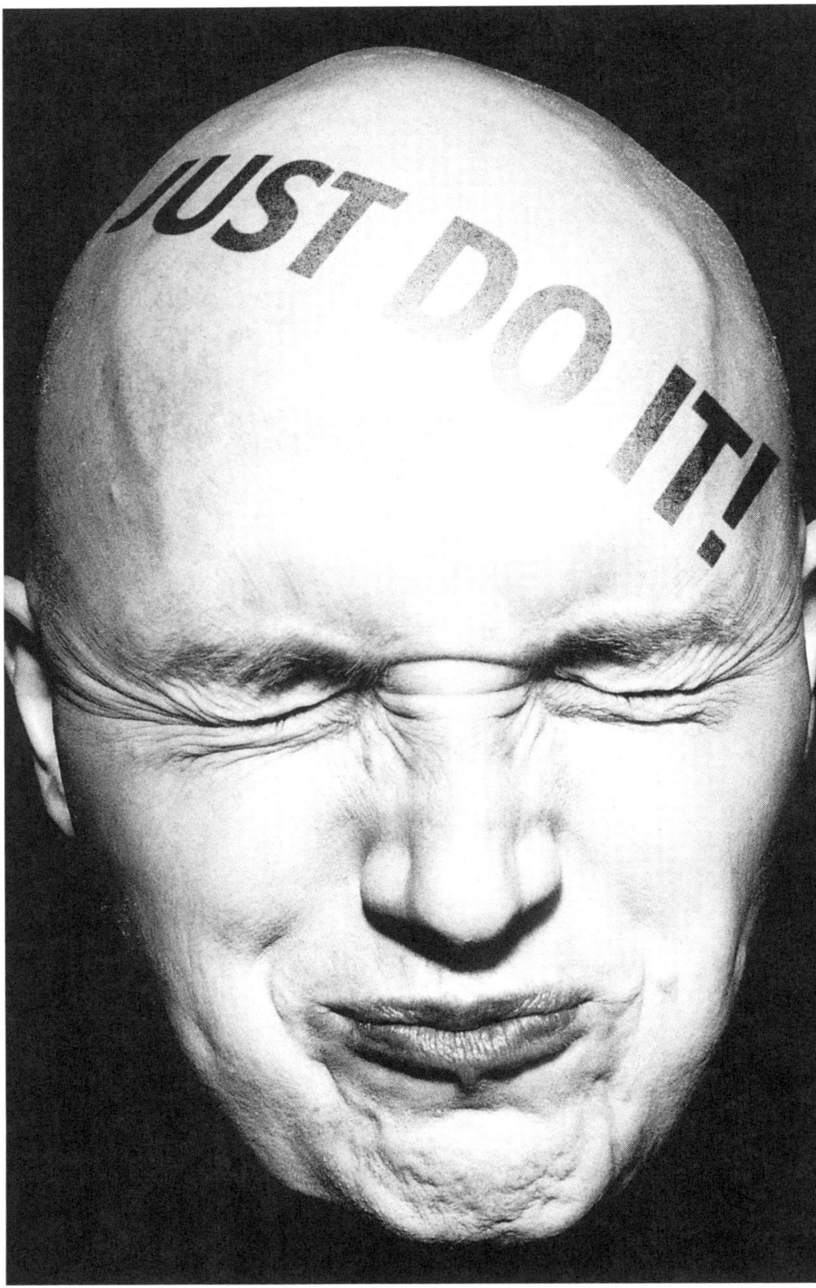
JUST DO IT!

*WORDS #23

「不安？ 恐れ？ 心配？ そんなもの常にあるよ〜、そりゃ。でも、やるけどね (笑)」

*WORDS #24

「俺は、ビビってないフリをするのが得意だけど.... (笑)。何事にもビビらない奴なんて、いないよな？ 要は、ビビってもやるのか、ビビって辞めちゃうのかっていう違いがあるだけだと想うけど」

*WORDS #25

「心を鈍くしちゃうっていうのが、俺にとって一番怖いことだな。常に堂々としているというのはカッコイイけど、心が揺れなくなったら、生きていてもつまらなそうだし。どちらかというと、驚き、戸惑い、動揺し続けたい！ (笑)」

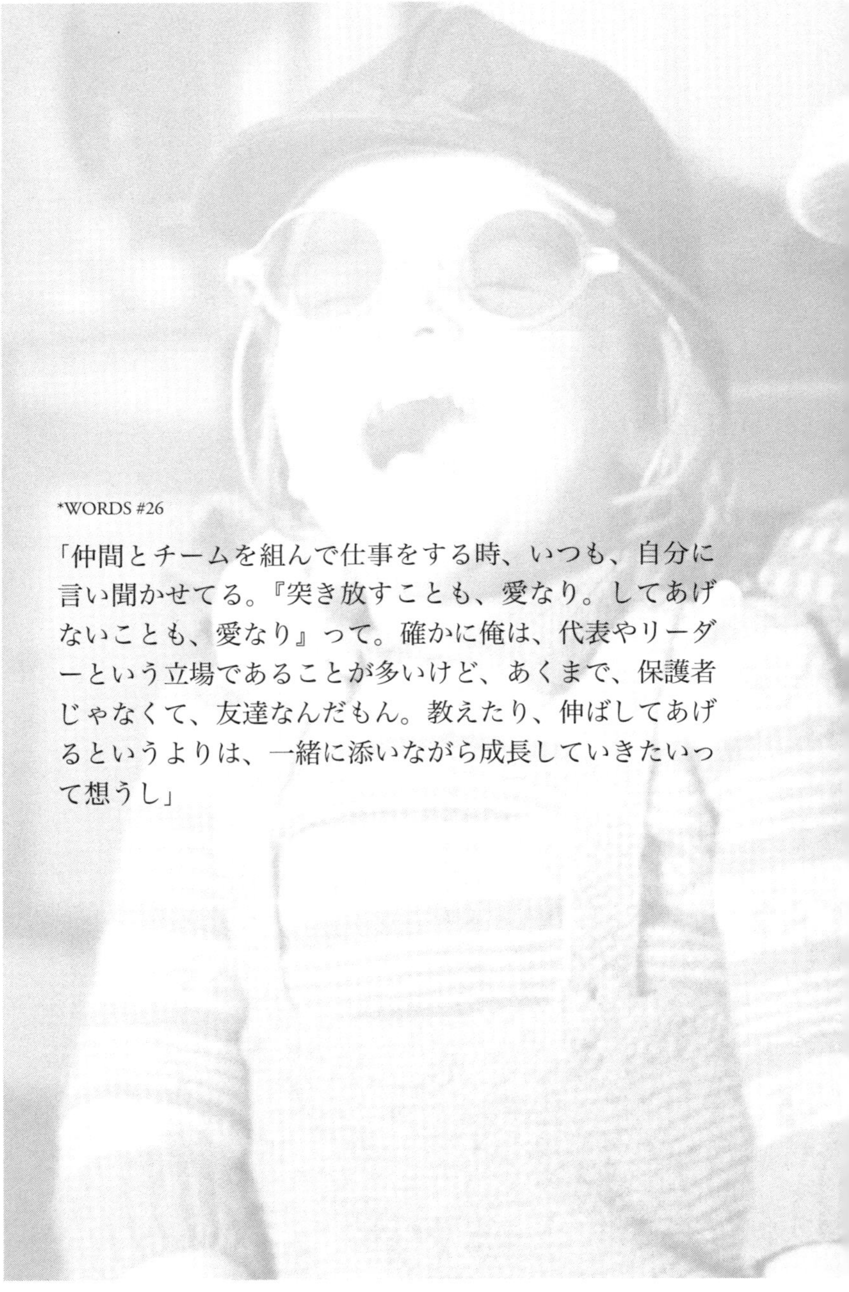

*WORDS #26

「仲間とチームを組んで仕事をする時、いつも、自分に言い聞かせてる。『突き放すことも、愛なり。してあげないことも、愛なり』って。確かに俺は、代表やリーダーという立場であることが多いけど、あくまで、保護者じゃなくて、友達なんだもん。教えたり、伸ばしてあげるというよりは、一緒に添いながら成長していきたいって想うし」

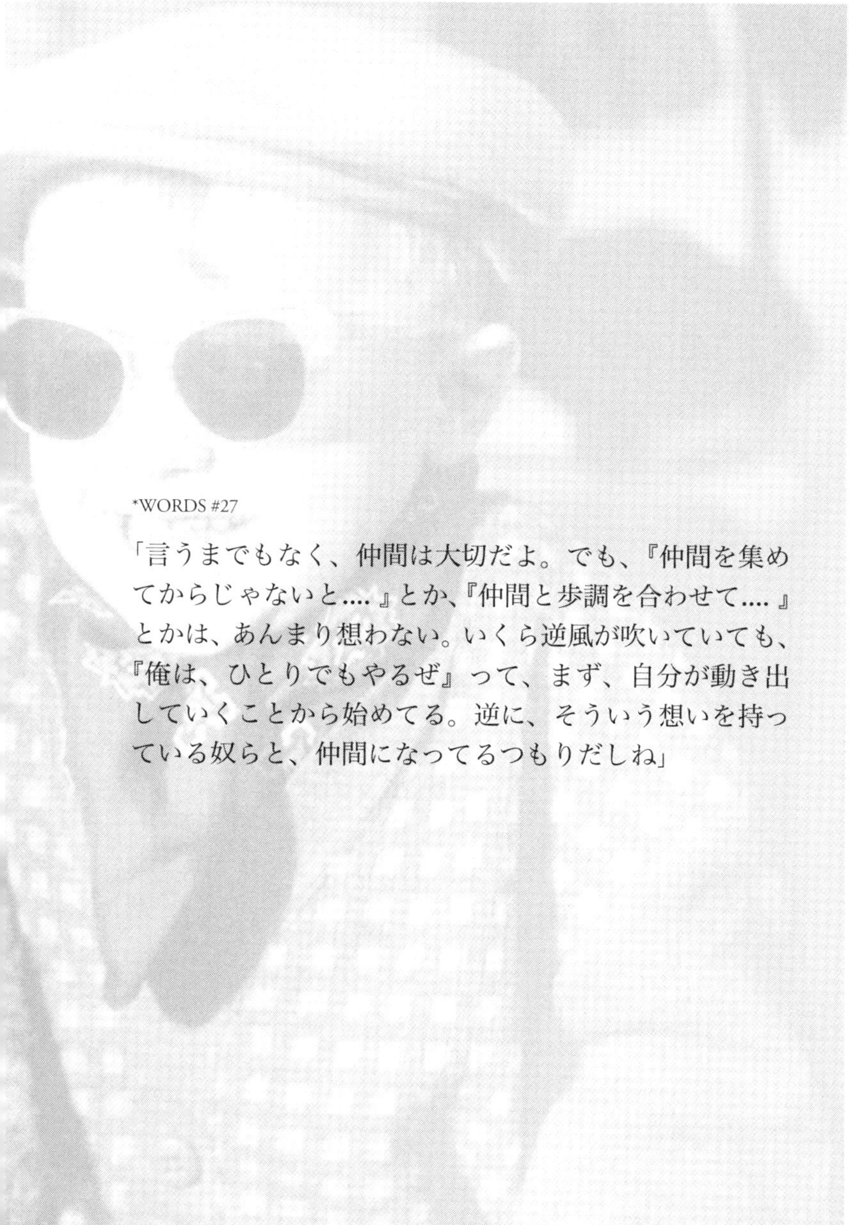

*WORDS #27

「言うまでもなく、仲間は大切だよ。でも、『仲間を集めてからじゃないと....』とか、『仲間と歩調を合わせて....』とかは、あんまり想わない。いくら逆風が吹いていても、『俺は、ひとりでもやるぜ』って、まず、自分が動き出していくことから始めてる。逆に、そういう想いを持っている奴らと、仲間になってるつもりだしね」

Winning

*WORDS #28

「いくら、一緒に頑張ってる仲間って言っても、あくまで、違う人間なわけでさ。それぞれが、自分で考えて、判断して、行動して、責任をとるっていうのは、当たり前だべ、って想うぜ。変に理解しあって、許しあっている集団ってのも、怖いしな（笑）」

*WORDS #29

「みんなが本音でぶつかれば、それでケンカになろうと、先に進めるじゃん。でも、本人がいないところで悪口を言ったり、バカにしたりしているのを見ると、マジで吐き気がする。仲間の悪口を言うようなクソッタレだけには、絶対になりたくないね」

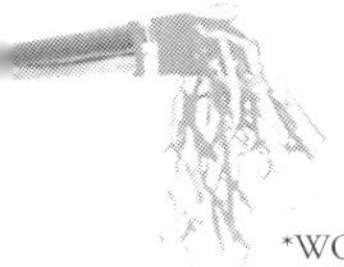

*WORDS #30

「俺さぁ、今まで30年間生きてきて、まだ、本当の意味で、絶望したことないし、挫折したことがないんだ。それが、俺の中で、ある種のコンプレックスになっている気がする。『俺には、本当に辛い人や苦しんでいる人の気持ちを、永遠にわかってあげることができないんじゃないか.... 』って感じでさ。まぁ、だからって、どうしようもないんだけどさ」

*WORDS #31

「店にしても、出版社にしても、今回の島プロジェクトにしても、いつも、同じパターンだな。無一文・未経験・コネなしの俺たちが、何か始めようとすると、不景気がどうこうとか、何年も修行してから独立するもんだとか、世の中そんなに甘くないとか、ビジネスをナメるなとか.... とりあえず、いろんなこと言われるんだよ、周りから。まぁ、確かに、それも言えてるんだけどね (笑)。でも、面白いもんで、最初は失敗しながらも、なんとか乗り越えて、少しでもうまくいき始めたら、周りの反応はコロっと変わるぜ。『やっぱり、オマエはやると思ってたよ』とか、『あの時のアドバイスは無駄じゃなかったな』とかさ。しまいには、『あいつは、俺が育てた』なんて言い出す人も出てくる始末で.... (笑)。外野から言われることなんて、そんないい加減なもんだよ。マジで、1ミクロンも気にしなくていいと想うな」

*WORDS #32

「ある意味、最初はいつも、失敗＆反省フェチ？ (笑) っていうか、いきなりうまくいくなんてありえないじゃん。無理に決まってるじゃん。なんで、素人が最初からうまくいくんだよ～。最初の頃に創っちゃう借金なんて、授業料って考えてさ。飲み会での、いいツマミって感じでさ。要は、『倒れる時は、前のめり！』ってなノリで、最初はダメでも、逃げ出さずに、粘って粘って、最後に圧勝すりゃいいわけよ」

*WORDS #33

「憧れて、やってみて、失敗して、またやってみて、また失敗して、またまたやってみて、またまた失敗して×１億.... の末に、最後にうまくいって、感動の乾杯！ いつも、そんな感じだね (笑)。七転び八起き？ 甘い、甘い。億転び兆起きでいこう！」

*WORDS #34

「可能性がゼロじゃないなら、行ってみるべ！」

*WORDS #35

「本当の勝負の時は、とにかく、なんにも考えないで、まっすぐぶつかっていくようにしてる。そりゃ、負けたら悔しいけど、その方が、結果がどうなったとしても、まだスッキリするじゃん。だって、いろいろと複雑に考えて、小細工使って、その結果負けたりしたら最悪だべ。３日は寝れなそう（笑）」

*WORDS #36

「天才って言われる人たちがみんな、３歳で世界チャンピオン！ みたいな人ばっかりだったら、『生まれつきの才能が違う。俺には無理だ.... 』ってあきらめるかもしれないけど、意外に普通の環境で育った人が多いじゃん。そういうの知ると、『なんだ。俺にもできそうじゃねぇか、このやろう』って燃えてくるよね。なんでも、自分の未熟さを才能のせいにするのは簡単だけど、俺はそういうのは好きじゃない。例えば、イチローだって、子供の頃、俺たちがファミコンやっている時に、必死にバットを振っていただけの話だと想うし。好きなことでならみんな天才になれる、って俺は想うけどな」

*WORDS #37

「日々の生活の中で、どんなに忙しくっても、１日30分ぐらいは、『ひとりの人間として』みたいな時間を、無理にでも創るようにしてる。あれやらなきゃ、これやらなきゃっていうような日々の仕事の引出しを完全に閉めたフリーな時間。そんな、ぽよ〜んとした時間を創って、ぼんやりと自分の人生を俯瞰《ふかん》してみるんだ。今日、明日をどうするのかを考えるんじゃなくて、自分の人生の全体像をゆっくりと眺めてみる。
そうすると、『今』っていう時間が、余計に愛しく見えてくるし、自分の感性の真ん中の部分が、ふわっと浮かび上がってくる時があるんだよね。マジな話、そういう時間が俺を創ってるのかもな、って想う」

*WORDS #38

「常に、自分の頭をスッキリさせておこうってことは、日々、意識してるね。ちょっとでも、頭がぐちゃぐちゃしてきたなぁ、と想ったら、ノートとペンを持って気持ちのいいカフェへ行ってる。おいしいアイスコーヒーを飲みながら、『要は、何を悩んでるんだ？』『要は、何が問題？』『んで、どうする？ どうしたい？』なんていうような質問を自分にしてみて、その答えをノートにちょこちょこ書きながら、頭を整理する時間を創るのがクセになってる。だって、頭がシンプルに整理されている人ほど、行動はパワフルじゃん。俺もそうありたいしね」

*WORDS #39

「自分の中にもうひとり、自分を客観的に見てる『観察君』がいる。例えば、マラソンで走ってる時でもさ、疲れてきて、(辛いなぁ、止めたいなぁ) って思うじゃん。そうしたら、もうひとりの俺が、(へ〜、辛いから止めちゃうんだぁ) って話しかけてくるわけ。そう言われると、(そんなわけねーだろ！) ってなるんだよね (笑)。そんな感じで、常に、ひとりで会話しながら、作戦会議やってるなぁ、俺。なんか、危ないかな？ (笑)」

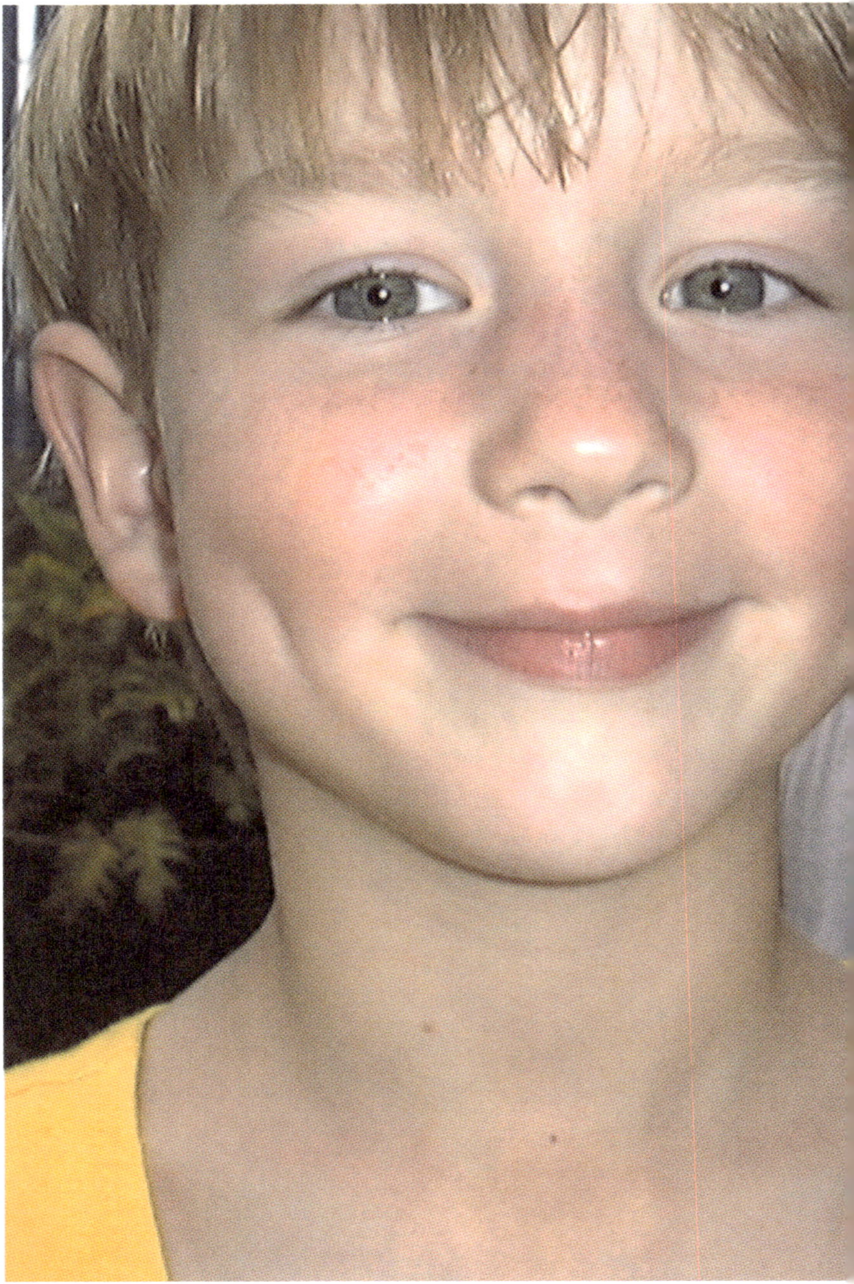

*WORDS #40

「放浪しちゃえば？」

MG-DH 87

*WORDS #41

「世界を旅してる時に感じたんだけど、アフリカやモンゴルのような、草原だけとか砂漠だけとか、なんにもないところで暮らしている人たちって、すごく楽しそうな笑顔をするし、たまらなく、いい顔してるんだよね。感情表現が全身から出てるんだよ。身体で感じたことを、そのまま身体全体で表現しながら、他人と交換している、そんな感じだった。とってもストレートで気持ちよくて、人間として魅力的だと思った。アフリカの大地に立ち、『くぅ〜。俺って、なんか汚れてるぜ.... 』って、自己嫌悪してたよ（笑）」

*WORDS #42

「世界を旅しながら、シンプルに気持ちよく生きている人たちに出逢っていくうちに、『俺は、ずいぶんと人生に必要じゃない荷物を背負ってるなぁ』って感じたよ。やっぱり、俺も、多くのものを守ろうとするんじゃなくて、潔く、本当に大切なものだけを選んで、それを深く愛していきたいな、って思うようになってきたんだ」

*WORDS #43

「シンプルに考えればさ、人間なんて、喰って寝て愛するだけで、充分幸せになれるのかも、って想う。俺たちの生活は、複雑になりすぎてるのかもしれないな」

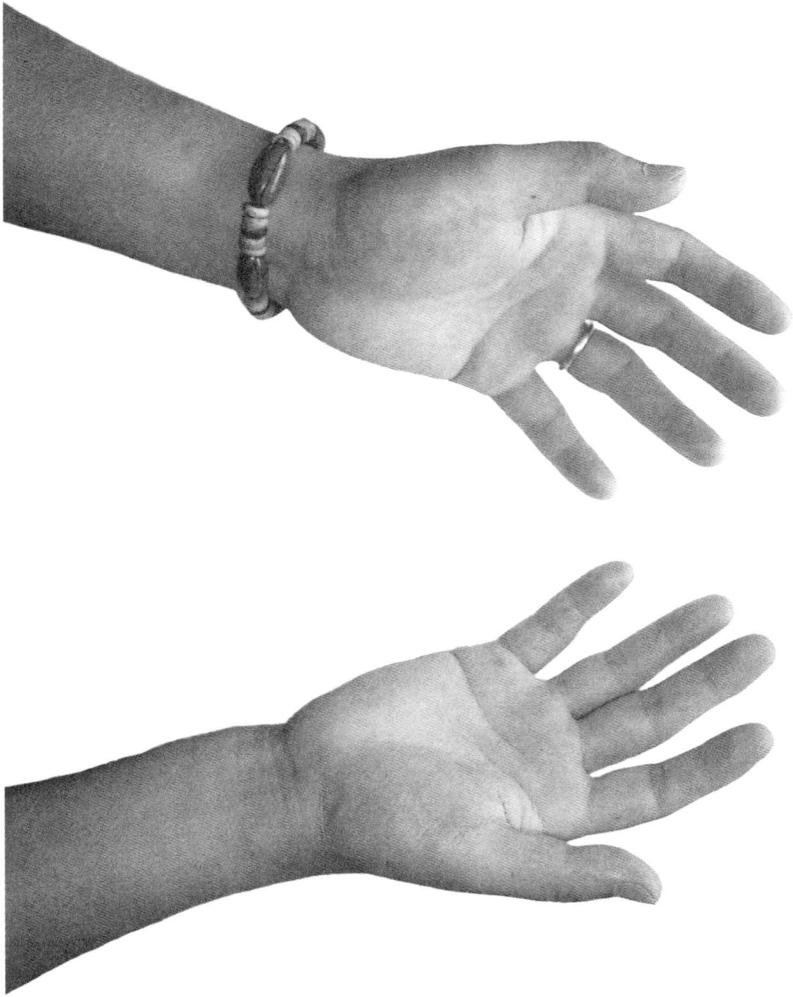

*WORDS #44

「すべては、自分が選んでる」

*WORDS #45

「サヤカの喜んだ顔が好きだ。ごちゃごちゃと能書きをたれる前に、まずは、この女性を喜ばせることから始めよう」

*WORDS #46

「仕事なんて、調子いい時もあるし、悪い時もあるし。健康だってそうだし、見てくれだって変わっていくし、やりたいことも変わっていくかもしれないし、性格さえも変わっていくかもしれないし....。ただ、『今回の人生は、最後まで、この人と一緒に生きていこう』って、まっすぐに、心の真ん中で想える人と結婚したんだ」

*WORDS #47

「自分の女さえ幸せにできない奴に、日本も地球も幸せにできない」

*WORDS #48

「俺、両親のこと大好きなんだ。マジな話、ふたりとも自分にとって最大の先生だと想ってるしね。だから、この人たちに褒められる俺でいたい、期待に応えられる俺でいたいって心から想ってるよ。ヤンキーやってるような昔から、ずっとね」

*WORDS #49

「うちの母親はさ、いつも家族の夕食の時に、『あゆむ、今日なんかいいことや楽しいことあった？』って聞く親だったのね。小学生ながらに、その聞かれたことに答えなきゃっていうプレッシャーを感じながら過ごしてて....。でも、そうやって、いつもいつも、『今日、なんかいいことや楽しいことあった？』って聞かれながら育ったから、自然と、楽しいことや面白いことをキャッチするアンテナが発達したのかもしれないなって、想うね」

*WORDS #50

「この前さ、久しぶりに実家に戻って、うちの父親と飲んでて、ビックリしたよ。だって、俺が、トークライブで話しているようなこと、父親も話してるんだもん。しかも、ほとんど言いまわしまで、そっくりでさ。今まで、俺は、自分の考え方は、自分自身で創ってたような気がしてたけど、結局、親の影響を受けまくりなんだな〜って。やっぱ、この人の息子なんだなぁって、実感したよ。そういう意味で言えば、親は絶対に超えられないものかもしれないな（笑）」

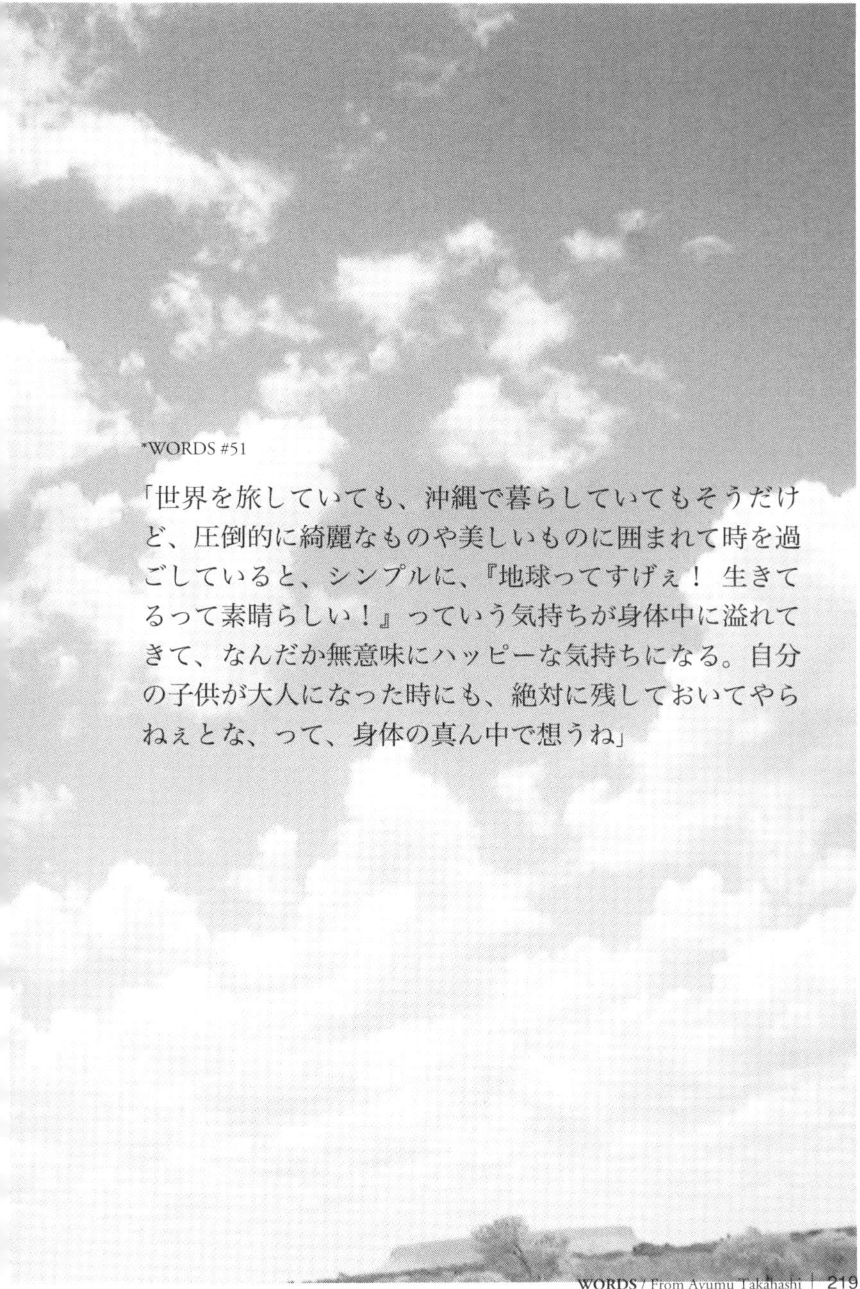

*WORDS #51

「世界を旅していても、沖縄で暮らしていてもそうだけど、圧倒的に綺麗なものや美しいものに囲まれて時を過ごしていると、シンプルに、『地球ってすげぇ！ 生きてるって素晴らしい！』っていう気持ちが身体中に溢れてきて、なんだか無意味にハッピーな気持ちになる。自分の子供が大人になった時にも、絶対に残しておいてやらねぇとな、って、身体の真ん中で想うね」

*WORDS #52

「やっぱ、ホントにかっこいい人たちって、自分の妻や子供に限らず、身近にいる、ひとりひとりの人に、ちゃんと、大きな愛を注いでるよね。家族、兄弟、仲間、恋人、世話になった人などなど…. 自分にとって大切な人を、ちゃんと大切にすることって、意外に難しいもんな」

*WORDS #53

「強い奴ほど、やわらかくて、優しいんだよなぁ。俺も、そうありたいね」

*WORDS #54

「自分が、自分が.... ばっかりじゃなくてさ。まず、相手の持っているリズムみたいなものを受け入れてから、ゆるりと溶けあっていくような感じ？ 沖縄の人が持つ、独特の大きさだよ。まだ、そんな、余裕ないなぁ、俺は（笑)」

*WORDS #55

「サヤカが喜んでる姿を見ると、俺は幸せな気持ちになる。サヤカに限らず、自分のしたことで、誰かが喜んでくれていたり、自分の仕事が誰かの役に立っているって感じられる時が、一番、幸せなのかもしれないな。『幸せが、人を幸せにする』とは、よく言ったもんだ。そう、幸せと幸せは、繋がっているものだね」

*WORDS #56

「何かを選ぶってことは、何かを捨てるってこと。誰かを愛するってことは、誰かを愛さないってこと。俺は、選ぶ勇気が、まだ足りないみたいだ」

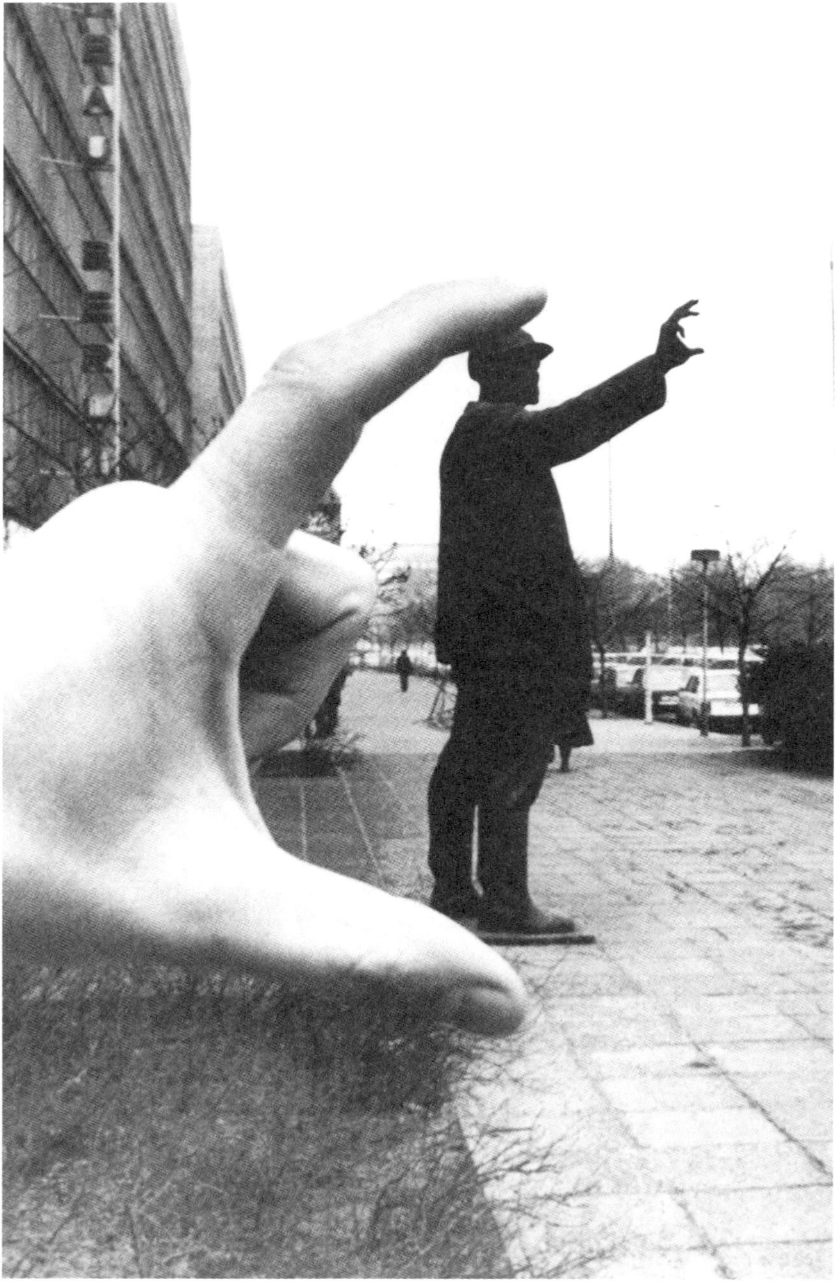

*WORDS #57

「自分は自分で創っていくもの。自分のどこを成長させるかで、将来の自分は変わってくるよね。自分を、そして自分の人生を、ひとつの作品として見る。そういう視点が好きだな」

*WORDS #58

「死ぬまで、学ぼう。それが、俺の自分との大事な約束」

*WORDS #59

「今の自分を守ることなく、どんどん変わっていきたいって想うよ。古い自分を、新しい自分にどんどん取り替えながら、何度でも生まれ変わりたい。いくら変わっても変わっても、自然に残るものだけを、一生、大切にすればいいだけだし」

*WORDS #60

「未来のために、今を耐えるのではなく、未来のために、
今を楽しく生きるのだ」

*WORDS #61

「大きな夢を持て？ 自分らしい生き方を？ そんなのどうでもいいじゃん。夢があろうとなかろうと、自分らしかろうとなかろうと、結局、楽しく生きている奴が最強！ って、俺は想うけどな。究極を言えばさ、結局、毎日を楽しく生きていきたいだけだもん」

*WORDS #62

「自由も、幸せも、なるものではなく、感じるもの。もっと、肌で。もっと、もっと、身体で。自分の感性を大切にしてあげたいな、って想う」

*WORDS #63

「人生は、楽しむためにある」

*WORDS #64

「すべては、飲み会から始まる。でも、飲んでるだけじゃ、夢は叶わない！（笑)。さぁ、明日も頑張るぜよ！」

Ayumu's Works
14 Books Presented by Ayumu Takahashi / & Official Site: http://ayumu.ch/
高橋 歩の作品

A's Works

BOOK OF L♥VE

14 Books / Written by Ayumu Takahashi

高橋歩の本

*Comment:
23歳の時、仲間と出版社を立ち上げて、初めて出版した自伝だね。大好きなボブ・ディランの曲からタイトルをもらった。デザインも編集も何もされていないし、あまりにも素朴な感じで....今、読むと、さすがにちょっとテレくさいなぁ。

*A's Works #01

新装版
HEAVEN'S DOOR
高橋 歩 著
サンクチュアリ出版

'95

'97

*A's Works #02

CROSSROAD
グレードアップバージョン
監修：サンクチュアリ
サンクチュアリ出版

*Comment:
25歳の時に、仲間と一緒に創った言葉集。俺たちがリスペクトする人たちの素敵な言葉を集めた本だね。クロスロード＝人生の交差点に立つ人に、何かヒントになればいいな、って想って創ったんだ。今読むと、ちょっと肩に力が入りすぎてたかな？ と感じるところもあるけど、あの頃のベストは詰まっていると想う。

*Comment:
これは、25歳の時に出した2冊目の自伝だね。しかも、今度はオリジナル曲が入ったCD付きだぜ。(現在は、新装版ということで、CDはなくなっちゃいましたが....)。小さい頃から、自分たちの出版社を始める頃までのストーリーなんだけど、この本は今読んでも、めちゃくちゃ笑えたよ。我ながら、「バカだな〜、こいつら」って苦笑いしちゃうね。

*A's Works #03

新装版
毎日が冒険
高橋 歩 著
サンクチュアリ出版

'97

*A's Works #04 & 05

自由であり続けるために、僕らは夢でメシを喰う
〜自分の店 編／自分の本 編〜
監修：サンクチュアリ／サンクチュアリ出版

'97 '98

*MY SHOP

*MY BOOK

*Comment:
これも、同じく25歳の時に創った最強のガイドブックシリーズだね。「自分の店を持つ」編と、「自分の本を出す」編があるんだ。無一文・未経験・コネなしから、自分たちが体験しながらつかんだコツみたいなものを、多くの人とシェアーできれば、と想って創ってみたんだ。発売して5年くらい経つけど、「自分も、この本を使って店を出したよ！」っていう人が、知っているだけでも何百店とあって、ホント、嬉しい限りだよ。

*A's Works #06

SANCTUARY

高橋 歩・磯尾 克行 共著
サンクチュアリ出版

*Comment:
これは26歳の頃、サンクチュアリ出版を終えた直後に創った作品だね。サンクチュアリ出版時代のストーリーとスピリッツを、相棒のオッチと協力して、この本に込めたんだ。ある意味で、俺たちの「卒業アルバム」みたいな存在の本かな。この本から、弟でありデザイナーであるミノルとのセッションで作品を創るスタイルが始まって、互いに成長しながら、今に至ってるね。もちろん、これからも、どんどん行くぜよ。

*Comment:
同じく、妻のサヤカとの世界一周放浪記。下記の「DEAR.WILDCHILD Vol.1～5」をベースにして、帰国後の日本で感じたことなども含めながら、1冊にまとめてみた作品だね。LOVE & FREEという気持ちは、今でも俺の真ん中にあって、動きそうもないな。

*A's Works #12

LOVE & FREE

～世界の路上に落ちていた言葉～

文・写真　高橋 歩
サンクチュアリ出版

*A's Works #07-#11

DEAR.WILDCHILD Vol.1-5

文・写真 高橋 歩／サンクチュアリ出版
＜通信販売限定＞

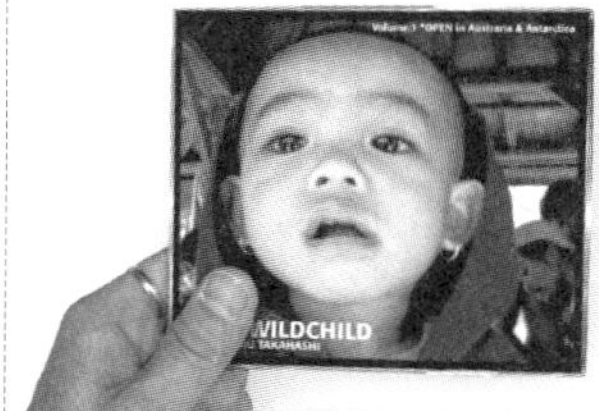

*Comment:
この本は、26歳の時に出発した、妻のサヤカとの世界大冒険の様子を収録した本だね。これは、旅先、旅先から写真と言葉を送りながら、5巻に分けてリアルタイムで出版されていった作品。オールカラーだし、「旅先から届く絵葉書」をイメージして創っていた感じかな。パッケージもかっこいいし、文章もいい感じで力が抜けているし、今でも、お気に入りの本だな。

*Volume: 02

*Volume: 03

*Volume: 04

*Volume: 05

*Comment:
30歳になった今年、友人と共同プロデュースで創ったファンキーな政治本。「腐ったジジイをぶっ飛ばし、日本をもっと面白い国にしよう！そんなSOULを込めて、この本を、日本の、熱き、プータロー達に捧ぐ」なんていうセリフから始まる本だから、業界的には大問題だったみたい？(笑) まぁ、この時代、この国に生まれたひとりの男として、気持ちのいい本が創れて、すごく愉快で、痛快だった。

*A's Works #13

オモシロキ コトモナキ世ヲ オモシロク

高橋 歩＆佐藤 大吾 プロデュース
サンクチュアリ出版

*A's Works #14

Adventure Life

～愛する人と自由な人生を～

高橋 歩 著／A-Works

*Comment:
そして、この本だね。

*A's Works #Plus One

more about...

AYUMU TAKAHASHI

高橋歩オフィシャルサイト／**アユム・チャンネル**
http://ayumu.ch/

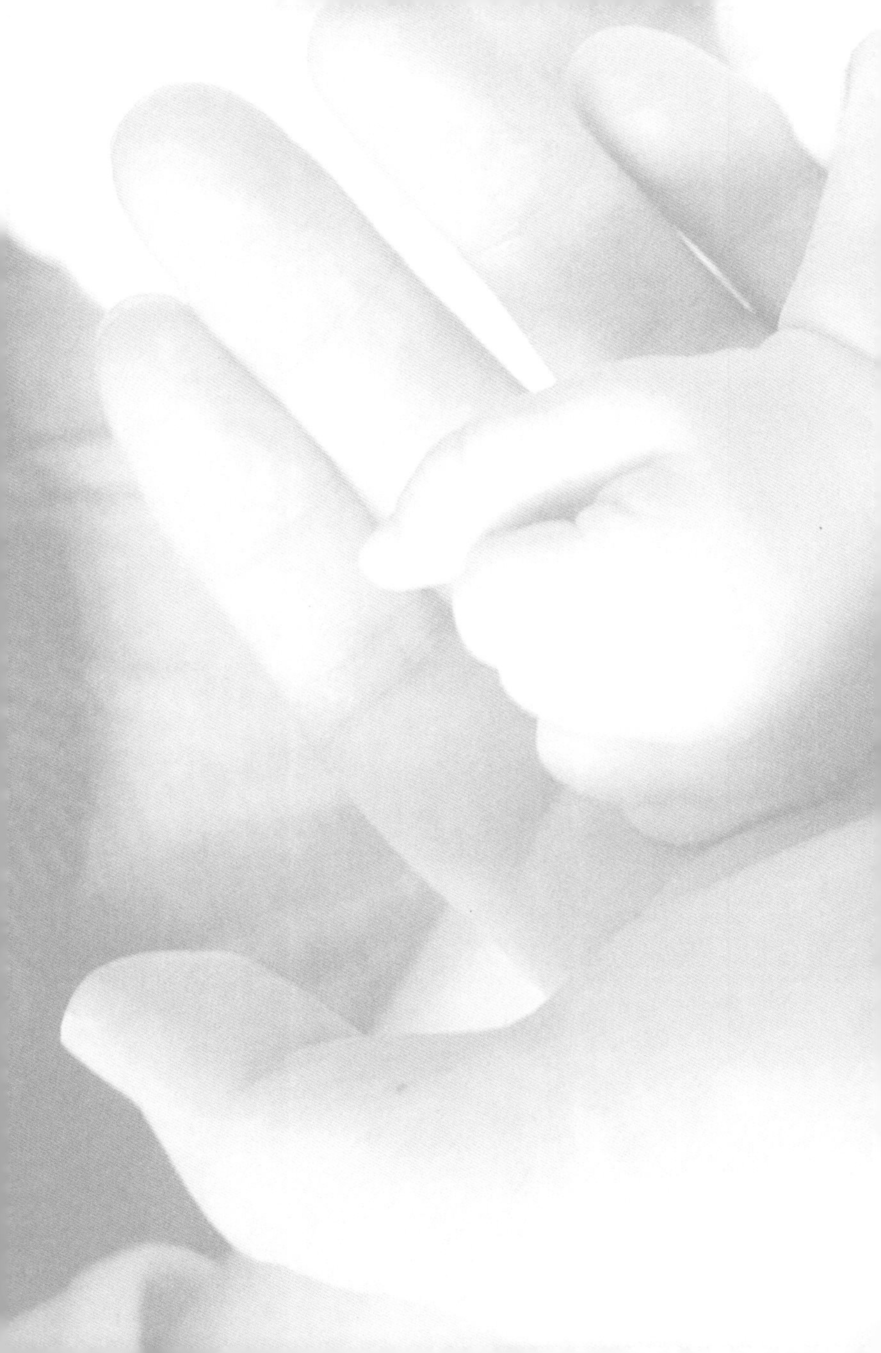

おわりに

今回、この本を創りながら、自分の生きてきた30年間を眺めてみた。
正直、「まだまだ甘いな！　高橋歩！」っていう想いが溢れてきて、なんだか恥ずかしくなることが多かった。
でも、今の俺の精一杯を、この本に込められたと想う。

さて、人生の本番はこれからだ。
人生は有限。残り時間は限られている。
長くても、人生80年。ひとりの人間がやれることなんて、肉体的にも、精神的にも、限られてる。それは、誰にも外せない枠なんだよね。
だからこそやっぱり、シンプルに、自分が「やりたい！」って想うことを、一所懸命やるしかないなって想う。

限られた持ち時間の中で、どれだけ最高の人生を送れるか。
俺の根源にあるテーマは、やっぱり、これだな。

次は、何に生まれるかわからないけど、今回の人生は、この時代、この日本という国に、高橋元と高橋啓子の息子として生まれた。
弟のミノル、妹のミキ、そして、たくさんの仲間たちと一緒に、年を重ねてきた。
サヤカという女性と出逢い、結婚して、海という長男を授かった。
そして、今、俺は、ここにいる。

誰かひとりが欠けても、今の俺はいない。
大切な人たちに、心からの感謝を捧げます。
「本当に、ありがとう」。

そして、これからもずっとずっと、俺は、俺のことを愛してくれる人を、当たり前に愛しながら生きていきたいと想っている。

そして、最後に。
この本で出逢ったのも、きっと、何かの縁だね。
互いに、勝手に、自分の道を歩きながら、どこかで、互いの人生がクロスできる日があったら、面白いね！

それでは、また逢う日まで。

愛する人と自由な人生《たび》を。

Have a nice trip !!

高橋　歩
2003.5.20　in okinawa

Adventure Life ～愛する人と自由な人生を～

2003年7月25日　初版発行
2012年8月24日　第17刷発行

著者：高橋 歩 / デザイン：高橋 実 / 編集：滝本 洋平 / 経理：二瓶 明
写真提供：メガプレス エージェンシー / 井島 健司 / 高橋 歩

発行者　高橋 歩

発行／発売　株式会社 A-Works
東京都世田谷区北沢 2-33-5 下北沢TKSビル3階　〒155-0031
TEL: 03-6683-8463 / FAX: 03-6683-8466 / URL: http://www.a-works.gr.jp/

営業／販売　株式会社サンクチュアリ・パブリッシング（サンクチュアリ出版）
TEL: 03-5775-5192 / FAX: 03-5775-5193

印刷／製本　中央精版印刷株式会社

ISBN コードはカバーに記載しております。落丁本、乱丁本は送料小社負担にてお取り替えいたします。